目次

君の顔では泣けない

年に一度だけ会う人がいる。夫の知らない人だ。

その日はいつもより一時間以上早くアラームが鳴る。夫と娘が目を覚ます前に素早く音を止め、息を殺してゆっくりと布団から這い出る。娘が蹴飛ばしたブランケットをかけ直す。

リビングに向かい、カーテンを開ける。七月ともなると六時前にはもう日が高い。いつもこの日はいい天気だ。今日もその法則に違わず、高い空には雲一つなく太陽が煌々と照っている。普段は見上げたりしない空を仰いでみる。

炊飯器を開ける。セットしたタイマー通りに米がきちんと炊けているのを確認すると、蓋を閉じて、トイレに行って顔を洗い、歯を磨く。昨日は早く床に就こうと思っていたものの、なんやかんや二時過ぎまで寝られなかったのですこぶる眠たい。着替えを終え、化粧は新幹線でしちゃえばいいか、と一瞬思ったものの、席に座るやいなや眠ってしまう自分の姿が容易に想像できて、どうにか自らを奮い立たせて化粧道具を手にする。

結婚して子供ができて、着飾ることからいつの間にか遠ざかりつつあるが、今日は久々に気合を入れる。あいつに老けたなとか変わったなとか思われるのが一番むかつくのだ。

化粧を終えて壁にかけた時計を見上げる。家を出る時間まで少しだけある。シンクに溜まっている水に浸けたままの食器を洗い始める。

家族三人が詰まった小さな部屋は、物が多く雑然とはしているものの、きちんと片付いている。これでも家が不快な場所にならぬよう充分に気を配っているつもりだ。室温も匂いもクッションやソファや布団の柔らかさも、常に最適に保っていなければならない。

八分目まで腹を満たしたごみ袋を箱から取り出し、新しい袋を取り付ける。口を縛って玄関先まで持っていく。もう一度用を足し、手を洗うと足音を殺して寝室へ再び入る。

夫は気配に気づくことなく、大きな体軀を丸めてすやすやと眠っている。その隣で娘も同じ格好をして寝ている。また蹴飛ばされたブランケットをそっと拾って、娘にかける。エアコンの除湿を温度高めでつけて、夫のくしゃくしゃの癖っ毛を撫で「いってきます」と小さく声をかける。返事とも寝言ともつかない低い呻き声が聞こえてきた。

新幹線ではどうしてか眠れなかった。駅のコンビニで買ったおむすびと麦茶を口にして、それなりの満腹感でまどろみは傍に来ていたものの、眠りにまでは誘ってくれない。とはいえ東京駅から一時間もしないうちに着いてしまうほどの距離なので、下手に眠ってしまわない方がいいのかもしれない。バッグから日記を取り出し、ぱらぱらとめくって読み返す。日記は高校生の頃からつけている。最初は煩わしかったが、今ではもう日常の一部になっている。

日記を読み終えてしまうと、することもなくなってしまって、仕方ないのでぼんやりと窓の外を眺めていた。銀色のビル街はとっくに遠ざかって、辺りは木々と畑ばかりになっている。この景色を目にすると、故郷が近くなってきたな、となんだかそわそわする。正月に夫と娘と三人で向かうときはそんな気持ちにはならない。娘がお腹空いたただの新幹線飽きたただのとすぐにぐずって、それをつい強く叱ると、そんな怒鳴らなくてもいいでしょと夫が口を挟み喧嘩が始まる。大体いつもそんな感じだ。郷愁に駆られる暇なんてない。

でもこの気持ちは、故郷を懐かしむものとはまた違う。どちらかというと不安というほうがしっくりくる。何も変わらないでいてくれという願いに近いかもしれない。

正月と、そして七月の第三土曜日、年に二回は必ず実家へ帰るようにしている。それなりに顔は出しているはずなのに、その度に周辺の変化に驚かされる。隣に住んでいた同い年の子が旦那を捨てて駆け落ちしたとか、大通り沿いの老舗の寿司屋を息子がラーメン屋に改装してしまったとか。人口の少ない小さな町のくせに、なぜかやたらと話題には事欠かない。

何かが変わってしまうことが昔からずっと苦手だ。中学や高校に上がった時も初めて会社勤めをし始めた時も不安でいっぱいだった。その不安は今でもまだ付いて回っている。いずれここまで積み上げてきたもの全てが崩れ去って、何もかもが変わってしまうんじゃないかと恐れている。でも、その方がいいんじゃないのかとも思っている。

結局一睡もできないまま新幹線は駅に到着した。新幹線が停まるだけあって大きな駅ではあるが、人の数は少なく、降りる姿もあまり見られない。駅前にビルがずらりと並んでいるだけで、観光地ではないせいもあるのだろう。着いたよ、とだけ母にメッセージを送る。即座に電話がかかってくる。

「はい、もしもし」

「もしもし？　あのね、いつものとこ待ちあわせで」

それじゃあね、と言って電話が切れる。それだけならわざわざ電話してこなくていいのに。肩にかけたバッグを持ち直し歩く。

東京の夏とは違って、こちらの暑さはあまりじめっとしていない。それでもやはり外に出て歩くと首筋や背中にじっとりと汗をかく。駅の出入り口に繋がっている陸橋を降り、ロータリーできょろきょろと辺りを見回していると、「まなみー！」と母の声が聞こえた。振り返ると車の窓から顔を出して大きく手を振っている。小走りで車へ向かう。

「ちょっと。恥ずかしいから大声で名前呼ぶのやめてってば」

数ヶ月ぶりに乗る実家の車は、やはりいつもの通りちょっときつい古いシートの臭いがした。苦手な臭いだ。バッグを肩から降ろし、後部座席に腰掛ける。

「だって呼ばないとあんた気づかないじゃないの」

「クラクションとか鳴らせばいいじゃん」

「あらやだあんた、荷物それだけなの？」

「一泊しかしないんだから充分でしょ」

「せっかくわざわざ来たんだから、もうちょっと泊まっていけばいいのに」

「まどかのこともあるんだから、そんなに何泊もできないよ」

「というかあんた、毎年毎年ひとりでこっち来てだいじょうぶなの」

「大丈夫だよ。涼も分かってんだから平気だって」

「あんたねえ、なんでもかんでも涼さんに頼りっきりじゃだめよ」

はいはい、とシートに身を沈める。

窓の外に目をやる。車はいつの間にか駅前からだいぶ遠ざかっていて、車通りも歩行者もだんだん少なくなっていく。目に馴染みのある風景が窓の外で流れて、それをぼんやりと眺めていたらいつの間にか寝てしまっていた。まなみ、と母の声で目が覚める。

「もう着くよ」

水分を失った目をこすりながら外を見ると、「もう着く」というほど家は近くはなさそうだった。大通りとは名ばかりの車通りの少ない道沿いに、古ぼけた商店やスーパーや薬局が立ち並んでいる。

この辺りの街並みも変わらないようでいて、けれど目を凝らすとよく行っていた駄菓子屋が潰れていたり、信号機がLEDになったりしている。道には市民プールに向かう小学生や、部活用のバッグを肩にかけて歩く中高生の姿がちらほらと見える。

昼過ぎには閉まってしまう老舗のパン屋を目印に左へ曲がって、住宅が立ち並ぶ坂道を車は登っていく。昔はこのずらりと並んだ白い壁の大きな家々が豪奢で誇らしく感じられたものだが、経年のせいか自分が大人になってしまったからかは分からないが、今ではただ大きいだけの古ぼけた家に見える。

車が家に着く。この家も少しずつ変わっていく。『水村』と書かれた表札も実家にいた頃のものよりお洒落（しゃれ）になった。門扉の脇に飾られている花の種類も帰る度違うものになっている。ドアの傍に鎮座している変な顔の犬の置物も、去年はなかった気がする。

二階のベランダでは白いシーツが風になびいてひらひらと躍っている。車は車庫へと入っていく。荷物を肩にかけ、家のドアを開ける母の後ろについていって、「ただいま」と声をかける。

「お父さん、今将棋会で出かけてるから」

「あ、そうなんだ。意外とよく続いてんじゃん」

「将棋会なんて言ったって、ほとんど指しやしないのよ。お茶飲んでお菓子食べてくっちゃべってるだけ」

リビングでは飼い犬のペロが自分の前足を枕にして絨毯（じゅうたん）で寝そべっていた。かつての飼い主の気配を感じたのか、耳をぴくりと動かし片目をうっすらと開けてこちらを見ている。

「ただいま、ペロ」

荷物を置いてペロのもとへすり寄り、頭を撫でる。くすぐったそうに目をすがめて、尻尾をぱたぱたと振る。昔は庭で飼っていたが歳を取ってから室内飼いをするようになった。最近はあまり散歩にも行きたがらないらしい。ごわごわに硬くなった毛を撫でながら、あと何度この感触を確かめられるのだろうと考えてしまう。

「ちょっとまなみ、荷物きちんと部屋に置いてきなさいよ」

「はいはい」

「はいは一回。家帰ったら手洗いうがい、洟もかんで！」

「どうせすぐまた出るもん」

「なに、あんた今日もまた陸くん連れてくるの？」

「うん、そのつもり。駅まで迎えに行ったりするから、今日車借りてっていい？」

「いいけどあんた、夕飯までには帰ってきなさいよ」

懐かしい台詞を背にしながら、はいはい、と返事をして階段を上って自分の部屋へ向かう。荷物を床に下ろすと、ゆっくりと部屋を見回す。十五年前から何一つとして変わっていない部屋だ。

この家を出てからリビングのソファは二回変わったし、絨毯は三回変わった。食卓用のテーブルはずっとそのままだが、キッチンの棚の中にはテレビの通販で取り扱われるような最新の調理器具が帰省の度に増えている。ドラマしか見ないくせに、テレビは無駄にワイドな最新型だ。

人も町も家も、すべてが緩やかに、あるいは唐突に変化していく中で、この部屋だけは時を止めたままだ。おジャ魔女どれみのお道具箱。果物の香りがついたキラキラ光るカラーペン。本棚の中の続きを買っていない少女漫画。ピンクの水玉模様の趣味の悪いカーテン。壁に貼ってある山Pのポスター。全部十五年前と同じだ。

この場所だけは、ずっと変わらないままでなければならない。いつでも戻って来られるように。それが、自分がこの体でいる間の義務なのだから。

車でもう一度駅へ向かう。もうそろそろ着くよ、とメールを送ろうとしたら、着いたよ、と連絡がきた。打ちかけていたメールを削除し、向かう、とだけ返信する。

駅のロータリーに車をつける。窓越しに外を覗く。見覚えのある気難しげな顔が、きょろきょろと辺りを見回しているのが見えた。窓を下げて、おーいと声をかける。こちらを見つけた途端に顔がぱっと人懐っこくなって、小走りでやってくる。

「おっす」

「おっす。お迎えありがとー」

そう破顔するその男の姿は一年前とほとんど変わらない。無表情なときの近寄りがたさと、笑った顔の陽気な大型犬みたいな能天気さのギャップもだ。くるくるとカールした濃い茶色の髪の毛も余計犬っぽさを演出している。

お邪魔しまあす、と不必要なくらいのテンションの高さで助手席に乗り込んでくる。どことなく緊張を孕んだ声色だ。それを受けてかこちらもやにわに体が強張ってくる。

車が走り出してからは、しばらく無言だった。耐えかねて「昼食べた？」と尋ねる。声がやたらと掠れていた。

「新幹線の中でお弁当食べてきちゃった。食べた？」

「いや、食べてない。異邦人で食べようと思って」

「あー、いいじゃん。あそこのサンドイッチ何気においしいよね」

言いながら、くるりと半身を回転させ後部座席に視線を移す。

「なんかまた、新入り増えた？」

おそらく後部座席の後ろに鎮座しているぬいぐるみたちのことを指しているのだろう。ずっと昔からあるもので、それが幼い娘の為だったのか母の趣味なのかは分からない。ただ、どこで買ってくるのか時折思い出したように増えたり入れ替わったりしており、たまに洗濯している様子もある。

「よく分かったな。なんか変な熊のキャラクターが増えたよ」

「これ、なんのキャラ？　アニメ？」

「全然知らない。多分本人もよく知らないまま適当に買ってる気がする」

「あー、そんな感じするね、確かに」

鼻歌交じりに返事をするその声はだいぶ弛緩してきていて、思わずほっとする。この男と会うたびいつも何か試されているような気がする。ちゃんと生きているか。悪いことはしていないか。健康でいるか。美しくいるか。そう詰問されているみたいだ。

車を十数分走らせて、小さな駐車場に停める。異邦人という名前のその店は、幼い頃からずっとある喫茶店だ。会うときはここでお互いの話をするのがいつの間にか不文律になっていた。昔はスナックだったらしく、しばらくは酒に焼けた声のおばちゃんがカウンターで仕切っていたが、いつの間にか息子に代替わりしていた。それでもコーヒーとサンドイッチの味は変わらないままだ。

席について、ハムサンドとアイスコーヒー、アイスクリームとコーラをそれぞれ頼む。妙にぬるい冷房も昔と変わらない。

「アイスクリームにコーラって」

からかうと、いいでしょべつにー、と舌を出される。

「で、どうですか、最近は」

目の前の男がおしぼりで手を拭きながら尋ねてくる。清潔感のある白いシャツ姿は相変わらず様になっていて、少し安心する。きっとそうあろうとしてくれているのだろう。ふわふわとしたパーマがきちんとセットされている。それはこちらとて同じことで、夫とデートしていたときよりも化粧や髪形に気合が入っている。綺麗なままだねと思わせないと負けだという気持ちと、相手の努力に見合う姿でいなければという気持ちがある。

「まあそんなに変わらずかな。夫も子供も元気だよ。娘はもうすぐ三歳だし、ようやくちょっと手がかからなくなってきたかなって感じ」

「へー。じゃあ今一番かわいいときじゃん」

「まあねー。でも生意気盛りでさ。もう毎日戦争だね」

「そりゃたいへんだ。で、ごめん、これ毎年聞いてる気がするんだけど、今は水村（みずむら）じゃなくて、なにさんになったんだっけ？」

「蓮見（はすみ）。大丈夫、俺も未（いま）だにいまいちしっくりきてないから」

お待たせしました、とそれぞれが頼んだものが運ばれてくる。おーおいしそうー、と三十男がスプーンを手にはしゃぐ。

「水村は？　今の子とは結婚とか考えてないの？」

んー、とアイスクリームを口に含みながら唸（うな）る。

「まあ仲良くはやってるよ、でも結婚ってのはあんまり考えてないなあ」

「でも三十にもなると周りから言われるっしょ。結婚しないの？って」

「言われる言われる。表向きはちゃんと言うよ、したいんですけどねえって。したくないって言うと根掘り葉掘り聞かれてめんどうなんだもん。まあ男だからね、女の子よりは口うるさく言われないっていうのはあるだろうから、そこはいいんだけど」

「俺はそんなに色々言われなかったけどなあ」

「まあ、坂平くん結婚したのわりと早かったもんねー。いつの間にかお母さんにまでなっちゃって」

　適当に相槌を打ちながら、アイスコーヒーにガムシロップとミルクを入れてかき混ぜる。充分に混ざったのを確認すると、マドラーを取り出し咥えてなめとる。そしてそれを口から出すと、アイスクリームをうまそうに頬張る男に突きつける。

「言っとくけどな、お前な、さっきからところどころ女出てっからな」

　耐えきれなくなって指摘すると、えーうそやだーと口に手を当ててわざとぶりっ子する。

「でも言っとくけど坂平くんもだからね。さっきからちょいちょい一人称が俺になってるよ」

　さっきの仕返しのようにスプーンを突きつけられる。丸まったその背に店内の光が鈍く反射する。サンドイッチを頬張りながら、まじか、とだけ返す。

「まじだよ、まじ。かわいくないしやめてよねー」

「なんかあれかも。田舎に帰ると方言が出てきちゃう、みたいな。そういう感じ」

「あーでもそれわかるかも。二人きりだと油断して、素に戻っちゃう感じ。もうずいぶん経つのにね」

そうだ。もうずいぶん経つ。今年で十五年。この体に慣れて馴染んだつもりでも、本来の自分のようなものはずっと奥に潜んでいるのかもしれない。

十五年前。俺たちの体は入れ替わった。そして十五年。今に至るまで、一度も体は元に戻っていない。

15

鮮烈に記憶に残っているのは、目の前に広がるピンク色のカーテンだ。朝の気持ち良い目覚めには向かないショッキングピンクの水玉は、俺の寝ぼけた脳味噌を一気に覚醒させた。そもそも自分が寝ているのがベッドなのだというのに気付く。いつもは和室ですらない。畳に布団を敷いて弟と並んで眠るのに。そういえば弟もいない。そもそもこの部屋は見覚えのない机、見覚えのない本棚、見覚えのないパジャマ。気味が悪くなって半身を起こす。途端に鈍い痛みが下腹部に走った。腹をさすりながら、ベッドから這い出て姿見を確認する。

そこには見覚えのある女がいた。同じクラスの水村だ。水村が、チェックのパジャマを着て腹を押さえた姿が映っている。

それまで混乱に支配されていた頭が、その姿を見たとき何故かすうっと冷静になった。そして自分の置かれた状況を把握する。理由は分からないけれど、俺は水村になってしまった。夢とか妄想の類ではない、とどうしてかそのときははっきり思えた。腹の奥の鈍痛のお陰かもしれない。

それにしても何故水村なのだろう。特に親しくもないし、それどころかろくに話した記憶もない。ただ同じ授業を受けている大勢の中の一人だ。それに前日は何事もなく眠りに就いたのに。両親におやすみを言って、弟と一緒に布団に潜り込んだ。いつもと変わらない一日の終わりだったはずだ。

ふと時間が気になって部屋を見回す。壁の時計は七時の少し先を指していた。いつもよりだいぶ早い目覚めだ。学校に行かなきゃ、という考えが浮かんでくるあたり、我ながらなかなか優等生だと思う。

パジャマのまま部屋を出る。当然だが見覚えのない家で、無意識に足音を殺しながら階段を下りる。

一階に着くと、卵の焼ける香りが漂ってくる。キッチンを覗き込むと、エプロンをつけた女の人の後ろ姿が見えた。きっとこの人が水村の母親なのだろう。一気に手足が冷たくなる。この人を欺かなければ。躊躇いもなくそう思った。娘になりきらなければ。からからに渇いた口を開く。

「おはよう」

ゆっくりと声に出す。自分が発したとは思えないほど高い声が出て面食らう。おはよう、と背を向けたまま水村の母親が返してくる。その後どう言葉を続けていいか分からず、思わず立ち尽くしてしまった。

「なにぼーっとしてんの。早く席着きなさい」

水村母がフライ返しを手にしたまま振り返る。目が合ってぎくりとする。水村には似ていないな、と思った。丸い瞳（ひとみ）をした水村とは対照的に三角の少しきつい眼差（まなざ）しをしていて、薄い唇は気難しげにへの字に曲がっている。じわりと恐怖心が滲（にじ）んでくる。

「なんであんたまだパジャマなの。顔洗ったんなら着替えてきなさい」

今思えば単なる母親から娘への小言程度の叱責（しっせき）だったのだろうが、その時の俺にはたったそれだけの言葉がえぐるように突き刺さった。だんだんと増していく腹の痛みのせいもあっただろう。ごめん、と掠れた声を出すので精一杯だった。

よほど顔色が蒼白（そうはく）だったのだろう。吊（つ）り上げた眉（まゆ）を今度はひそめて、顔を覗き込んでくる。

「どうしたの、具合悪いの？」

うん、ちょっと、と頷（うなず）く。

「あらあ。もしかして、昨日濡れちゃったせいじゃないの。熱は？　計った？」

「ちょっと、トイレ」

それだけ告げると心配そうな視線を背に廊下へ出る。ここだろうと思って開けたドアの先は浴室だった。慌てて閉めて、今度こそトイレのドアを開けて入る。

ズボンと下着を脱いで便座に腰掛ける。今思えば目の前に剝き出しの異性の性器があったというのに、その時は興奮どころではなかった。胃でも腸でもなく、腹の下の辺りがぎりぎりと締め付けられる痛みがある。排便痛ではないことは明らかだった。どうしたらいいか分からずただ腹を押さえて唇を嚙む。

すると、股から何かどろりとしたものが這い出た。同時に生臭い臭いがする。恐る恐るシャツをたくしあげて、便座を覗き込む。白い便器には、濁ったゼリーに似た血の塊がべったりと落ちていた。

くらくらと目眩がした。泣きそうになりながら性器をトイレットペーパーで拭く。だが、拭いても拭いても紙が赤く染まる。どうにか拭き切るとトイレを流し、扉の外へ出た。それでも痛みが治まらない。腹を庇うようにしてうずくまる。また体の奥から生温かい液体が溢れて、尻を伝う感触がした。俺は思わず強く目をつぶる。

水村の母親が慌てて駆け寄ってくるまで、俺はひとり廊下で丸くなって泣いていた。

結局その日は学校を休むことになった。新しいナプキンを渡され、痛み止めを飲まされると、今日は大人しくしてなさいと布団に寝かしつけられた。冷たい手のひらを俺の頬に当てる水村の母の顔にはさっきの威圧感はなく、ほっとした。

昼前になると痛みも治まって、その頃ようやく俺は自分の状況を呑み込みつつあった。


どういう理由かは分からないが、俺は水村になってしまった。この状況を表す心当たりのある単語がいくつかある。入れ替わり。変身。様々な物語で目にしてきた現象だ。奇跡のような出来事だ。それが、おそらく俺の身にも起きている。

意味が分からない。何が奇跡だ。そんな最低な奇跡、クソ食らえだ。

そういえばそもそも、本来の俺は一体どうなってしまったのだろう。不安がよぎる。

家に電話してみようか、と思い立つ。両親は仕事だし弟も学校に行っているはずなので、もしかしたら誰も出ないかもしれないが、かけるくらいしてみよう。一階にいる水村の母が、買い物か何かで出かけるタイミングを待とう。

そう思っていると、急に部屋の中に音楽が鳴り響いた。思わずびくっと体を震わせる。聞き覚えのある曲だ。なんてやつだっけ。そうだ、オレンジレンジの『花』だ。

そんなことを考えながら音の出所を探していると、机の上で携帯電話がぴかぴかと点滅しながら音を発していた。どうやって出るんだこれ。慌てながらそれっぽいボタンを押して、どうにか通話状態になる。

「もしもし」

反射的にそう口にしてから、相手が誰か確かめることすらせず電話に出てしまったことに気が付いた。違和感を気取られてはまずい、と思わず身を硬くする。しかし、相手は何も言ってこない。恐る恐るもう一度「もしもし?」と声をかける。

「もしもし」

今にも消え入りそうな男の声が聞こえてくる。そう言ったきり言葉を発する気配がない。

「あの、水村ですけど」

無音になるのが怖くて、声をかける。相手が小さく、ああ、と呟くのが聞こえた。

「あの。私、たぶん坂平です」

さっきよりもか細い声だったが、その言葉でようやく可能性の一つが確信に変わる。

「お前、水村だろ」

電話の向こうから、大きく息を吸う声が聞こえた。

「坂平くん?」

その言葉を聞いて、俺はその日初めて安堵した。理由はどうあれ、今俺たちが置かれている状況をようやく知ることができたのだ。

「うわあまじか、まじでそういうやつか。そういうのってまじであるのか」

状況を知ると同時に新たな困惑が襲ってくる。携帯電話を片手にベッドの上でのたうち回っていると、「ねえ。ねえ、坂平くん」と声をかけられた。

「とりあえず、会って話さない？　家出てこられる？」

「あ、確かに、それがいいな。お前の母さんいるけど、まあ、どうにかして家出る」

じゃあ、三十分後に異邦人で、と約束して、大通りまで出る行き方を互いに教える。そこまで行けばきっと分かるだろう、と確認し合って電話を切った。

とりあえず着替えなければ、と思いクローゼットを開けるが、見事に何を着ていいのか分からない。適当にシャツを選び、きちんと畳まれたスカートたちの奥から半ズボンを引っ張り出す。服を脱ぐときに一瞬躊躇（ちゅうちょ）したが、まあ今更かと思い直し、着替えて階段を下りる。

「ちょっと出かけてくる」

テレビを見ていた水村の母親に声をかける。こちらを振り向く気配がしたが、顔を合わせないようにして玄関へ急ぐ。

「え、なにあんた、もう具合だいじょうぶなの？」

「大丈夫。行ってきます！」

水村に教えてもらった通り、靴箱の上にある白い小箱から自転車の鍵（かぎ）を取り出し、並べてあったスニーカーを履き、ドアを開ける。途端にわん、と犬の吠える声がして段差を下りようとしていた足が思わず止まる。真っ白い大きな犬が庭先から顔を出していた。

　あいつ犬飼ってんのか。鋭い動物の嗅覚とやらで、もしかしたら俺が本当の水村でないことに気付かれるかもしれない、と一瞬身構えたが、当のそいつは間の抜けた顔で舌を出し尻尾を振っているだけで、思わず頬が緩んだ。頭をわしゃわしゃと撫で、車庫にしまってあった自転車に跨る。

　異邦人に向かいながら、女というだけでこんなにも勝手が違うものか、と思っていた。まず自転車を漕ぐ足に力が入りづらい。坂道がかなりしんどい。いつもしている立ち漕ぎも長い間はできなかった。そして、どこからかは分からないが風が吹くとふわりといい香りがする。これは多分俺の匂い、すなわち水村の匂いだ。シャンプーなのか洋服の洗剤なのかは分からないが、甘い匂いがして下半身がむずむずする。むずむずしながらもいつも勝手に反応するそれは存在しなくて、腹の奥がもやもやとするだけで居心地が悪い。そんなことを思いながらも股間からどろりと何かが滑り落ちる感覚が時折あって、不快さで思わずサドルから腰を浮かす。

　異邦人には水村が先に着いていた。扉を開くカランというベルの音で、ぱっと奥の席に座っている男が顔を上げる。間違いなく俺だった。俺の顔をした男が、不安げな表情でこちらをまじまじと見つめている。他に客は誰もいない。きちんと効いているのかどうかも分からない冷房の唸る音だけが響き渡る。

いらっしゃいませ、という酒焼けした店主のおばちゃんの声を背に、そいつの向かいに座る。不安で曇っていたはずの両目がいつの間にか好奇心の色を帯びて俺をねめつけている。

自分という存在がテーブルを挟んでそこにいる。でもそれは自分ではないのだ。物凄い居心地の悪さを感じた。少し恐怖心に似ていたかもしれない。何も言葉を口にすることができなかった。それは相手も同じなようで、ただじっと俺を見つめ続けている。俺は気味が悪くなってじっと目を伏せ続ける。

おばちゃんが水を持ってきてテーブルに置く。何にしますか、と訊かれ「アイスコーヒーひとつ」と答える。席には既に飲みかけのコーラが置いてあった。お待ち下さい、というしゃがれた声が聞こえたと同時に、俺は手ぶらで来てしまったことを思い出す。

「やばい。どうしよう俺お金忘れた」

「あ、だいじょうぶ。私持ってきたから」

その言葉に思わず顔を上げる。目が合った。俺がいる。あ、俺ってこんな顔してるんだな、と思った。見慣れているはずなのに、鏡に映っていた時とは違う違和感があった。よくよく見ると着ている青いシャツは俺のじゃなくて弟のだ。自分の顔をした人間が、か細い声で女言葉を使っているのを見ても、不思議と気持ち悪さは湧かなかった。全く性格の違う双子の相手を見ているようで、違う生き物なんだなと変に納得していた。

「だいじょうぶって言っても、坂平くんのお金だけど。ごめん」

「あーいや、まあしょうがないっしょ。むしろ、ありがとう」

答えながら、俺の声ってなんか気持ち悪いな、みんな気持ち悪いって思いながら聞いてたのかな、なんて思っていたら、「私の声ってこんななんだ」と水村がぽつりと呟いた。

「機械とか通さない自分の声ってはじめて聞いたかも。なんで自分の声を聞くときってちょっと違く聞こえるんだろうね」

言いながら水村が下唇をいじる。俺の口の形がぐにゃりと歪(ゆが)む。もう既に俺の体が手懐(てなず)けられた気分になって、少しムッとする。

「そんなことどうでもいいよ。問題はなんでこんなことになっちゃったのかってことだろ」

「そうそう、それだよね。ほんとびっくりしたよ、朝起きたら知らない部屋にいるんだもん」

「てか意味分かんなくね？　漫画とかドラマとかだとさあ、こういうのって何かきっかけみたいなのがあるもんじゃん。そういうの一切なくね？」

「え、でも私あれだと思った。昨日のプール。っていうか、私と坂平くんの接点ってそれしかないかなあって」

プール？　その単語を反復してみて、ようやく思い出す。いくらこの状況に困惑しているからとはいえ、どうして気付かなかったのだろう。

昨日の水泳の授業のときだ。プールに入る前、生徒たちはプールサイドに並び教師の話を聞いていた。見学の為制服姿のままだった水村もそこに並んでいた。見学者でも、最初はそこで話を聞くルールだった。

教師がその日の授業内容をつらつらと話す中で、俺は隣にいた田崎(たざき)とふざけ合っていた。田崎が、冗談で俺の肩を小突く。それほど強くない力だったが、バランスを崩し、プールの中へと体が傾いた。

そのすぐ隣には水村がいた。俺が咄嗟(とっさ)に水村の腕を摑(つか)んだのか、それとも水村が俺を助けようとして腕を摑んでくれたのか、一瞬のことでよく覚えていない。ともかくも、俺たちはそのまま、二人でもつれ合うようにしてプールに落ちた。

何やってんだよお前と男子からは笑いが起こり、女子は大丈夫？　と水村を心配する声を上げていた。お前らちゃんとやれと先生からは叱られてしまった。俺たちは軽口すら叩(たた)くことなくそれぞれプールから上がる。ただただ恥をかいただけの出来事だ。

たったそれだけ？　たったそれだけのことでこんなことが起きているというのか。

けれど確かに水村の言う通り、今までろくに喋(しゃべ)ったことのない俺たちにとって、関わりがあった瞬間はそのときくらいしかない。

とりあえずさ、と水村が何か言いかけて、口をつぐむ。おばちゃんがアイスコーヒーを持ってきた。不愛想にシロップとミルクを置くと、何も言わずカウンターへ戻る。このおばちゃんは客に無関心で、昼過ぎから喫茶店にいる学生に対して詰問したりはしないだろうから、水村のこの店のチョイスは正しかったと思う。

「とりあえずさ」もう一度水村が口を開く。「もとに戻る方法、探さなくちゃね」

そうだ。それが最優先事項だ。しかし、何をすればいいのかすら分からない。

「探さなくちゃね、って言ったってさあ、具体的な原因だって分かんないのにどうするってんだよ。まずこの今の状態がありえないわけでさあ」

「私もどうやったら戻るかわからないけどさ。とりあえずいろいろやってみようよ。昨日みたいに、いっしょにプールに飛び込んでみるとかさ」

諭すような水村の物言いに更に苛立(いらだ)ちが募る。

「随分冷静沈着じゃんよ。何？　もしかして入れ替わるの慣れてるとか？」

「いやまさか。私だってはじめてだよ、こんなこと。でも坂平くんすっごいあわててるから、こっちはなんか妙に冷静になっちゃって」

「はあ？」

かちんときて睨みつける。そこには間の抜けた顔で俺を見ている俺がいる。いくら凄んでみせても、結局その姿は背の低い女子が頑張って目を吊り上げている様子でしかなくて、そう思うと急に馬鹿馬鹿しくなって長めに息を吐く。この時のことは今でも水村に揶揄される。坂平くん、自分では気づいてなかったかもだけど、超パニック状態で挙動不審だったよ。

「じゃあとりあえず、水着に着替えて学校に集合するか」

「そうだね。いろいろ試してみようよ」

水着。その単語に思わず邪な想像をしてしまう。さっきはそれどころじゃなかったが、いざ改めて自分の体が異性のそれになっているという事実を認識して、急激にむず痒さが全身を走った。

しかし、それは水村だって同じことだ。俺は内心の動揺を悟られないように、不機嫌を装って尋ねる。

「お前、俺の裸見てないだろうな」

一瞬きょとんとした顔を見せた後、どういう表情を作ったらいいか考えあぐねているような、不格好な笑顔を見せる。

「ごめん。着替えたりしたから」

「ああいや、それはもちろんいいんだけど。こう、パンツ脱いだりとか」

「ごめん、トイレ行きたかったから……」

その言葉に一気に顔が熱くなる。うわあまじかよお、と小さく叫んで手のひらで顔を覆った。まだ家族以外の異性には誰にも見せたことがないのに。こんな形で見られることになるなんて。屈辱にも似た羞恥で顔を上げられない。

「あ、でも、そんなしっかりとは見てないから安心して」

慌てたその声に、伏せた視線をゆっくりと戻す。困った笑みを浮かべる水村を見て、なんだか急に自分が子供じみている気がして居住まいを正す。

「ごめん。それは俺だけじゃなくて、水村もだよな。俺も、できるだけ見ないようにしたから」

「あ、ううんそれはぜんぜんいいよ、しかたないもん。でも、だいじょうぶだった？」

「大丈夫って、何が？」

「いや、ほら。私、昨日から生理だったから」

言われて、白い便器の上で波状に滴った赤黒い色と、腹の奥から得体の知れない何かがずるりと滑り落ちる感覚を思い出してしまう。急に下着の奥に不快さを感じる。

どうにか平静を装って、大丈夫だよ、と答える。

「女子も色々大変なんだな」

「まあね。でも、男子もいろいろ大変そう」

そう言って水村が俺の顔ではにかむ。

今思えば、あの時の俺は幼稚だったなと思う。そして、水村は大人だった。同じ状況に立たされているはずの彼女の冷静さに俺は救われていた。今はもう水村はその過去を笑い話にしかしないけれど、入れ替わってしまったことを知った時の恐怖と不安は俺とは比べ物にならなかったはずだ。女である自分の中に入り込んだ男のすることは何か。女の体で十五年間生きてきてようやく思い知ったが、その想像だけで気が狂いそうになる。

それでも水村はそれを隠して笑っていた。想像力の乏しい俺がそれに気付くのはもっとずっと後になってからだった。


あらゆることを試したが、俺達は元に戻らなかった。

思いつく限りのことは試した。まず、水泳部の活動が終わった後こっそりプールに忍び込んで、いっせーのせで落ちた。駄目だった。頭をぶつけ合ってみたり階段を転げ落ちてみたりもした。全部駄目だった。

強かに打ち付けた肩の痛みに耐えながら、俺達は先程転げ落ちたばかりの神社の階段に腰を掛け、ぽつりぽつりと話し始める。

「とりあえずさ、一日待ってみようよ」

「うん」

「朝起きたらさ、戻ってるかもしれないでしょ？　入れ替わったのだって、プールに落ちたときじゃなくて、その翌朝だったんだし」

「うん」

「だからさ、そんなへこむことないよ。ポジティブに考えてこうよー」

水村がガッツポーズをしてにこにこと笑う。それを見て思わず大きな溜息をつく。能天気な女だ。

「とりあえず、少なくとも今日の夜までは私は坂平くんのふりしなきゃいけないし、坂平くんは私のふりしなくちゃいけないから。情報交換しておこうよ」

「情報交換？」

「そう。家族にばれないようにしたほうがいいでしょ、こういうのは」

「まあ、言ってもどうせ信じないだろうけどな」

「頭おかしいと思われちゃうからね。夜までは穏便に過ごそう」

とりあえず家族構成から、と互いに伝え合う。水村は母親と父親との三人暮らし、ペロという名前の犬が一匹。俺は父と母、そして禄という二歳下の弟がいる。

「ちなみに、お父さんとお母さんのことはなんて呼んでるの？」

訊かれて、思わず言葉を詰まらせる。そんなこと訊いてどうすんだよ、と必要以上に鋭い声を出してしまう。

「いやだって、呼び方とかでばれちゃうしさ。ちなみに私は普通にお母さん、お父さんって呼んでるよ」

最悪だ。むかつく。水村の言うことが至極全うなのも余計腹立たしい。くそ。なんでこんな女の言うこと聞かなきゃなんないんだ。腹立つ。むかつく。

「ママとパパだよ」

できるだけ自然に言わなくては。羞恥が伝わってしまう。そう思っても喉の奥ですり潰されたような声が出て、耳から首筋にかけてかあっと熱が走った。

水村の目が見られなくて、スニーカーの爪先を睨みつけた。綺麗に手入れされているのか、それとも買ったばかりなのか、雪のように真っ白だ。けれどさっきのドタバタで、点々と泥や汚れがついてしまっている。

「そっかー了解。弟くんのことはなんて呼んでるの？」

事もなげにそう言ってくれるのは水村の優しさだろう。他人の機微に無関心だった当時の俺にもそれくらいは分かっていたが、でもその心遣いが一層惨めな気持ちにさせたことも間違いではなかった。緑だよ、と答える声が自然と刺々しくなってしまう。それでも水村は表情一つ変えず話し掛けてくる。

「坂平くんの家族って、どういう人たちなの？」

「どういう人達、って言われてもな……」

「だってやっぱり、どういう感じなのかっていうの知っとかないとやりづらくない？」

「まあ、それはそうだけど」

頭をぽりぽりと掻く。自分の家族を評するという行為はなんとなく気恥ずかしく感じられた。そもそも、自分の親や家族をどういう人間かなんて目で見たことがない気がする。

「母親は、なんつーか、厳しい。めっちゃ怒る」

「そうなんだ。怖い感じなんだ？」

「昔はそんなことなかった気がするんだけど、最近なんか、めっちゃ怒る」

その頃の母は、常に何かに急き立てられているような、苛立っているような感じがしていた。昔はとても優しく穏やかな母だった。母との思い出で蘇るのは、いつも自分や緑が幼い頃の場面ばかりだ。一緒によく遊んでくれていたし、買い物にだって毎回連れて行ってくれた。

「お父さんは？　どんな人？」

「幽霊みたいな人」

「えー、何それ。お父さんも怖いってこと？」

「違くて。存在感がない」

「影が薄いんだ」

「まあ、そんな感じ」

そもそも、父親と顔を合わせる機会が少ない。父がどんな仕事をしているのかはよく知らないが、大抵遅くまで帰ってこない。工場で働いていて、どうやら随分と忙しくしているらしい。知っているのはそれくらいだ。休日にはぼんやりとテレビを見ていたり新聞を読んでいたり、とにかく覇気がない。いつの間にかいなくなったと思ったらふらりと散歩に出ていて、そしていつの間にか戻ってきている。そんな人だった。

「弟くん、禄くんは？　どんな子なの？」

「あいつは、馬鹿。ほんとめっちゃ馬鹿」

「めっちゃばかなんだ」

水村が笑う。弟とは仲が良い。喧嘩もよくするが、俺に懐いてくれている。十三歳にしては少し幼い顔立ちと性格をしている。

ちょっと前までは、俺たち家族はもっと仲が良かった気がする。家族旅行も年に一度は必ず行っていた。父がリストラされ、新しい職に就き、そして今の家に引っ越してから旅行は行かなくなった。母もパートを始め、家族としての時間がだんだんと消えていった。その頃中学生だった俺はそんなことは気にも留めず、むしろ鬱陶しい恒例行事の旅行がなくなったと喜んですらいたが、その辺りから、母は険しい顔をするようになった気がする。

　今も険悪というわけではないが、どことなく空気が張り詰めている。父のいない食卓で、母は小言を繰り返す。肘ついて食べるのやめなさい。箸の持ち方汚いわよ。ごちそうさまくらい言えないの。食べ終わった食器はシンクに持って行ってって言ってるでしょ。俺と緑はその後、自室でクソババアと小声で言い合ってくすくすと笑う。そんな日々だ。

「お前んとこはどんな感じなんだよ」

「うち？　うちはね、お母さんは普段は優しいけど、怒るとめっちゃ怖い」

「あー。なんかそれ、分かるかも」

「ほんと？　分かる？　お父さんは普段は結構無口なんだけど、お酒飲むとすっごいおしゃべりになる」

「へー、家でお酒とか飲むんだ」

「飲む飲む。お父さんは毎晩飲んでるよ。お母さんもたまーに付き合ったりしてる」

水村の家族の話を聞きながら、俺は胸の奥がざわつくのを感じていた。その当時はその理由を知ることができなくて、訳の分からぬまま苛立ちになりそうなのを抑えていたが、今考えればきっとあれは嫉妬心だったのだろう。穏やかで和やかな家庭で育ち、一人娘として愛情を一身に受けている水村への。実際それは間違いではなかった。入れ替わってからの十五年間、俺は二人から充分過ぎるほどの愛情を受け取ってきた。

その他にも好物や食べられないもの、家の間取り、風呂の順番や自分の洋服のしまってある場所など、思いつく限りのことを互いに述べていく。意外と口にしてみると家ならではのルールというのが結構あるようだった。一番に帰った人は必ず窓を開けて換気すること。帰ったら手洗いうがいの他に洟もかむこと。トイレの大は拭く前に一回流すこと。色んな決め事があるんだな、と思った。うちの家族は毎朝絶対ヤクルトを一本飲む、と言うと、健康的なんだねえと妙な感心のされ方をした。

「そういえば結構メールとか入ってて、無視しまくっちゃってるけどいい?」

ふと思い出して、ポケットに入れていた携帯電話を振る。

「えっ、ほんと。ちょっと貸して」

差し出された手に携帯電話を置く。水村はそれを開くと、どこか真剣な眼差しでその中身を確認する。自分の顔の男の瞳に、液晶の光が反射して映るのを俺はじっと見ていた。しばらくして、携帯電話が手の中へ返される。

かよ」

「うん、無視しててだいじょうぶ。ていうか、中身とか読んでないよね?」

「さすがに読んでないわ。なんだよ、なんか読まれたらまずいやり取りでもしてんのかよ」

「いやあそういうわけじゃないんだけどさあ。彼氏とのメールとか、見られたら恥ずかしいじゃん?」

ちょっとからかってやろうとにやついていた俺の顔は、水村のその一言で硬直する。

「え、なに、お前彼氏いるの」

「いるよー。べつの高校で、二つ上だから今高校三年生かな。っていっても、まだつきあって三ヶ月くらいだけどね」

異様にショックを受けている自分に驚いていた。うちのクラスにもグループは明確にあって、特に女子は見た目や雰囲気で分類されている部分が大きい。ちょっと不良っぽい女子が集まるグループはやはり見た目が派手な奴が多いし、あまり目立たないグループには小太りだったり眼鏡をかけていたり、あまり可愛くない女子がいるイメージだ。水村はどちらかというと後者に近い。背が低く少しぽっちゃりしていて、太い眉や厚い唇は田舎臭さすら感じさせる。同じようになんとなく垢抜けない笹垣や高見とよくつるんでいる印象だ。そんな芋っぽいこの女に、他校で年上の彼氏がいる。それが一度も彼女のできたことのない俺の羨望からなのかどうかは分からなかったが、無性に苛々してきた。わざと子供っぽい声を出して揶揄してみる。

「うわ、なんだそれやらしいなあ。どうせエロいメールばっかしまくってんだろ。ヘンタイだ、ヘンタイ」

そんな俺の幼稚な冷やかしに、水村は顔を赤らめて俯く。

「そんなことしてないよ。私たち、キスとかもまだだし」

自分が赤面している姿を見て、一気にテンションが下がる。俺の顔でそんなことを言うな。気色悪い。

「まあ、メールは見ないから安心しろよ」

「うん。ありがとう」

気付けば、空が橙色に染まり始めていた。携帯電話を開いて時間を確認する。午後五時十三分。さすがに、そろそろ帰らないとまずいだろう。そうでなくても、具合が悪いという理由で学校を休んでいるのだ。時間を確認した俺の姿を見て、「そろそろ行こうか」と水村が声をかける。

「そうだな」

「なにかあったらすぐに連絡してね。私もしちゃうかもだけど」

「ああ、分かった」

「坂平くん、がんばろうね！」

明るく激励する水村の姿に思わず笑ってしまう。まさか自分に励まされる日が来るだなんて。

「おう。頑張ろうぜ」

右手を高く掲げる。水村がその手のひらを見て、きょとんとした顔をする。

「お前も右手おんなじふうにして」

俺に言われるがまま、水村は右手を挙げる。それに向かって、俺はハイタッチする。ぱあん、と高く触れ合う音が境内に響いた。

「わ。今のなんかすごい、すごい男子っぽい」

そうはしゃぐ水村になんだか急に恥ずかしくなってしまって、「まあお互い頑張ろうってことだよ」ともごもごと言い訳をする。

それじゃあ、とどちらからともなく立ち上がり、手を振って別れる。自転車のペダルを漕いで水村家への道を進んでいく。家が近付くにつれ、どんどんと強くなる動悸を感じていた。

緊張していた。ハンドルを握る手にはじっとりと汗をかいている。俺はうまくやれるだろうか。水村の母親や父親をうまく欺くことができるだろうか。こんなにドキドキするのは、小学校の学芸会の時以来だ。

そして家に着く。車庫に自転車を停め、鍵をかける。飼い主の帰還に舌を出してはしゃぐペロの頭を撫で、ドアノブに手をかける。鍵はかかっていない。深く息を吸い、吐いて、ドアを開ける。

「ただいま」

声をかける。違和感なく自然に声を出せただろうか。たった四文字だけの言葉なのに気になって仕方がない。エプロン姿の水村の母親が、スリッパをぱたぱたと鳴らして駆けてきた。

「おかえり。遅くまでどこ行ってたのよ、ちょうどあんたの携帯に電話しようかと思ってたとこだったわよ。もう具合は平気なの?」

眉根を寄せて少し責める口調で訊いてくる母親に、俺はどうにか口の両端を持ち上げて、ゆっくりと答えた。

「うん、もう大丈夫。ありがとう、お母さん」

それが、俺の水村まなみとしての長い人生の始まりだった。もちろんその時は、そんなことはちっとも思っていなかったけれど。

あの朝ほど絶望を感じた時はない。目を覚まして真っ先に目に入ってきたのは、ピンク色のカーテンだった。まどろみのぼんやりとした視界の中にその色が入り込んできた瞬間、脳味噌が一気に覚醒した。ベッドから飛び起きて、足をもつれさせながら鏡の前に立つ。

水村まなみだった。水村まなみが、茫然（ぼうぜん）自失で自らを眺めている姿がそこに映っていた。

息がしづらい。鼓動の音が耳元で鳴ってうるさい。痺（しび）れる指先で携帯電話をつかみ、坂平家の電話番号を打つ。苛々と右足を揺すりながらコール音を数えていると、三コールめが鳴り終わると同時に「はい、坂平です」と男の声が聞こえた。

「おいふざけんなよ、全然元に戻ってねえじゃんか」

電話の向こうで息を呑（の）む気配がする。ややあって、「落ち着いて、坂平くん」と宥（なだ）める声色で細く聞こえてくる。

「ありえないでしょ。お前一晩寝たら戻るって言ってたじゃんか。ふざけんなよ。嘘じゃねえか。全然戻ってねえじゃねえか。返せよ。俺の体返せよ！」

とにかく頭の中がごちゃごちゃだった。ごちゃごちゃで真っ暗で無性にむかついて、どうしていいか分からずにとにかく叫んでいた。もしかしたら泣いていたのかもしれない。自分がどんな感情を抱いているのかも分からなくて、もう全部めちゃくちゃにしてしまいたいという強烈な破壊衝動だけを感じていたのは覚えている。

「坂平くん、とりあえず会って話そ。さすがに今日は休めないから、学校で会おう。大通りまで出れば、高校前までのバス出てるから」

分かった、と返事をしたかどうかも覚えていない。我が家から学校までの道のりを伝えたかどうかも。ひどい倦怠感のまま電話を切ると、ベッドに放り投げてブランケットに顔を埋めた。先程までの様々なものが入り混じって爆発しそうな感情とはうって変わって、空っぽで真っ白な虚脱感のみが体の中にあった。

学校で会おう、と水村は言った。でもこんなになってまで行く必要はあるんだろうか？ どう考えたって勉強なんてしている状況じゃない。何より気持ちが日常についていかない。学校へ行くつもりの水村に対して頭がおかしいんじゃないかとすら思った。できれば布団の中で丸まって、悪夢が終わるのをじっと静かに待っていたかった。それでもなんとか学校へ向かう準備をし始めたのは、まだ日常から逸脱したくない気持ちがあったからだろう。水村に教えてもらった通りに付けていたナプキンは赤くべっとりと汚れていた。何かを焦がしたような臭いがする。トイレに向かい汚れたそれをごみ箱に捨て、棚にあった新しいナプキンを取り出し下着に付ける。その一連の行為にすら、俺は一体何をしているんだろうと虚しくなる。トイレを出ると、制服に着替え、空っぽの鞄にベッドに放り投げたままだった携帯電話を入れて、寝癖を手櫛で整えて階段を下りる。

「どうした、今日は早いじゃないか」

キッチンに座っていた水村の父親が、新聞から顔を上げてずれていた眼鏡を直す。

四角い顔の厳つい風貌をした父親だ。とはいえ見た目ほど厳格ではなさそうで、ただ基本的に無口で、昨夜もテレビを見ながら話しかける母親に言葉少なに相槌を返す姿の記憶しかない。

「ちょっと早く出なきゃいけなくて」

「ええやだ、朝ご飯まだお父さんのぶんしか用意してないわよ。それよりあんた顔は洗ったの？　歯は？　みがいた？」

「遅れそうだから朝ご飯はいい。今から洗う」

　母親を軽くあしらい、リビングを出る。洗面台に向かい、コップに水を注ぎ口を濯ぐ。そのまま冷水で顔を洗う。タオルで拭いて顔を上げる。水村まなみだ。きっと何度顔を洗ったって、悪夢は覚めないままだろう。

「あんた、体調はだいじょうぶなのね？」

　水村の母親がリビングから顔を出す。大丈夫、行ってきますとなるべく顔を見ないようにして答えると、ローファーの踵を潰して外に出る。

　吐きそうなくらいの晴天だった。暑さは日に日に強くなっている。じりじりと照り付ける陽光に、ぐらりと目眩がした。尻尾を振ってぐるぐると庭先で回っている飼い犬を無視して、バス停へ歩き始める。またじわりと股間から滴る感触があってうんざりする。クソだ。なかなかバスは来ない。全部クソだ。やっと来たバスは冷房が効きすぎていて一気に体が冷えていく。みんなみんなクソ食らえだ。

それでも校門の前に立つ学ラン姿の自分を見た時、安堵してしまった。額の汗をハンカチで必死に拭うその憔悴しきった顔を見て、思わず笑ってしまう。

「夏服で学ラン着てる奴初めて見た」

その声に顔を上げると、苦い笑みを浮かべて「やっぱり着ないもんなんだ、これ」と上着を脱ぐ。

「にしても坂平くんってもしかして汗っかき？　さっきから汗止まんないよー」

「そうかもしんない。スカートって結構涼しくていいな、これ」

「戻ってもスカート穿きたくなっちゃうんじゃない？」

「それはないわ、さすがに」

軽口を叩きあっているうち、胃の腑の奥に沈殿していた黒々した何かがいつの間にか消えていることに気が付く。

朝早いせいか登校してくる生徒達もまばらだ。きっと朝練で早めに来ている連中なのだろう、大抵が馬鹿でかい部活用のバッグを肩にかけている。幸い見知った顔はなく、俺達は連れ立って校舎に入る。自分達の教室をスルーして、人目のないところをと探し、屋上に続く階段の踊り場に腰を下ろした。屋上は基本的に施錠されていて立ち入りは禁止されており、わざわざここに来る生徒もいないだろうと考えたのだ。誰かの目を盗んで異性と密談をする背徳感に妙な快感を覚えそうになったが、文字通り立場が逆転しているという今の事実に、一気に現実に引き戻される。

「とりあえず、どうにかやり過ごさなきゃね」

どうにか汗も引いた様子の水村が、作ったような神妙な面持ちで低く言う。

「坂平くんって、いちばん仲いいのだれ？」

「えー？　まあ仲良いってか、一番よくつるんでるのは田崎かな。あとは飯田とか、その辺」

「そっか。私は笹垣さんと高見さんと遊ぶことが多いかな。笹垣さんのことは下の名前が桜だからさくちゃん、高見さんのことはたかみーって呼んでるよ。ちなみに私はみっちゃんって呼ばれてる」

「あー。つまり、そいつらの対応に気を付けろってことね」

「そういうことー」

それからできうる限りの情報を交換したが、はっきり言って家庭内で誤魔化すのとはわけが違う、と思った。とにかく俺と水村は何から何まで違う。水村が親しくしている奴らとは俺は一度も喋ったことがないし、逆も然りだ。成績だって違う。俺の成績は下から数えた方が早いが、水村はそれなりの点数をいつも取っているらしい。体育の成績だけは正反対だった。水村はソフトテニス部で、俺はサッカー部。もちろん部活は今日も普通にある。今日は病み上がりだからと言って休めてもその場しのぎにしかならない。

今日さえ乗り越えられればきっと、とはもはや二人とも口にはしなかった。いつ元通りになるかなんて分からない。でもきっとその時が来ると信じて、お互いを完璧に演じ続けるしかない。俺は水村まなみを失敗してはいけないし、水村は坂平陸を失敗してはならない。その為に俺達は必死で情報交換をした。

「そろそろ行かなきゃやばいね」

水村が踊り場から身を乗り出し時計を確認する。今からクラス全体を騙しに行くことになる。吐き気がした。どっちが先に行こうか、とじゃんけんをする。水村が負けて、じゃあ先に行くね、と立ち上がり尻をはたく。

「坂平くん、がんばろうね」

そう笑う水村の頰は昨日とは違って引きつっていて、当たり前だけど、ああやっぱり水村も不安なんだなと思った。それでもどうにか笑って俺を励ましてくれている。俺が何も言えないままでいると、そのまま階段を下りていく。自分の辛そうな顔を見るのは、辛い。もちろんそれは水村だって同じだ。

そのとき、俺は誓ったのだ。いつ水村が水村の人生を取り戻してもいいように。水村が辛い思いをしなくていいように。そのために俺は水村として完璧に生きて、家族もクラスメイトも恋人も騙してみせるのだと。

　教室に入るや否や、早速笹垣と高見が駆け寄ってきた。思わず踵を返して逃げ出したくなるのを堪える。

「みっちゃん！　もう体調だいじょうぶなの？」笹垣が耳障りな声で喚く。

「ぜんぜんメール返事してくんないんだもんー。メールできないくらい大変なのかと思っちゃったよー」高見が妙に鼻にかかった声で腕を絡めてくる。

「うん、もう大丈夫」

　口の中がからからで舌が貼り付く。何だか変な声が出た気がした。それでも妙に感じている様子はなくて、少しほっとしながら続ける。

「ずっと寝てたからメール返せなくて、ごめんね」

　何かもっと気の利いたことを、と思ってもうまく言葉が浮かばない。普段はもっと饒舌なのだろう、元気出してよーと背中を叩かれて曖昧に笑うことしかできない。もっと水村らしくと思っても普段の水村を知らない。俺の知っている水村は、俺の顔で笑い俺の顔で励ます水村だけだ。

　ちらりと水村の方を見やる。田崎や飯田達と談笑する姿は、自然に溶け込んでいるように見える。俺ももっとうまく振る舞わねば。そう思えば思うほど空回りする。

「てか絶対おとといの坂平のせいだよなー」

　笹垣の口から急に名前が出てきてどきりとする。

「あーあれねー。マジないよね、落ちるなら一人で落ちろよーって感じー」

「てかプール落ちるとか超どんくさすぎ」

　自分の悪口を目の前で聞きながら必死で笑顔を作る。早くチャイム鳴れ。早く先生来てくれ。頭の中でひたすらそればかり願っていた。チャイムが鳴って担任が入ってきたとき、心底ほっとした。水村に聞いた席を思い出しながら座る。なんだかどっと疲れてしまって、肩辺りにひどい倦怠感がのしかかっていた。

　とにかくそこからは散々だった。休み時間の度に話しかけてくる笹垣と高見の相手がうまいことできない。抜き打ちの数学のテストがさっぱり分からなくてほとんど白紙で出した。一方水村は体育のリフティングの試験で三回以上続けることができず、坂平ふざけるなと先生に頭をはたかれすいませんと笑っていた。俺の方が恥ずかしくて居た堪(たま)れなかった。

　部活に関しては意外とどうにかなった。というのも元々運動神経には自信があったし、それに一学期は体力作りと素振りという基礎的なことしかやらせなかったので、難なくこなすことができた。

　問題は顧問の磯矢(いそや)だった。二十代半ばでうちの学校の教師陣の中では一番若く、女子生徒にもイケメンだと人気があるようだったが、俺としてはあまりいい印象は抱かなかった。蛙のように離れた両目からのねっとりとした視線も気持ち悪かったし、長く伸ばした前髪をかき上げる仕草もナルシストじみていて虫唾が走った。

何より指導の仕方が異常な気がした。ラケットの握り方や素振りを指導するとき、体に異様に触ってくるのだ。半袖から出た腕を舐め回すように撫で、執拗に腰辺りを触ってくる。その度にぞわぞわと怖気が走った。俺の考え過ぎかもしれないとも思ったが、下卑た笑みで胸や脚を眺めるのを見てわざとだと確信した。どうやらお気に入りの生徒が何人かいるようで、そいつらに対してだけやたらべたべたと指導と称して触っているようだった。水村もその内の一人なのだろう。初めて経験した俺にすら分かるのだから、磯矢のセクハラ行為は部内の周知の事実なのだろうが、誰一人として声を上げようとする女子はいないようだった。ありえねえ、と思った。同時に、女でいるというのはやはり大変なんだな、とも思った。

どうにか長い一日を終え、足早に校舎を出るとそのまま異邦人へ向かう。水村はもう既に席に着いていて、俺に気付くとひらひらと胸の前で小さく手を振った。

「もう部活終わったの？　早くね？」

「さぼっちゃった。ごめんね」

まあいいけど、とわざとらしく舌を出す水村の向かいに座る。水を持ってきたおばちゃんにアイスコーヒーを頼む。

「あー疲れたー」

水村の姿を見た途端一気に気が緩む。両手を伸ばしてテーブルに突っ伏した。お疲れ様、と頭上から声が降ってくる。顔を腕に埋めたまま、水村もお疲れ、と返す。

「てかなんなの、笹垣と高見。俺の悪口ばっかだったんだけど」

半身を起こしちょっと文句を言ってみる。水村は困ったように眉毛を八の字にしてごめんねと謝ってくる。

「いや別に水村が謝んなくても。あー俺なんかうまく喋れなかった気がする。あいつら変に思ってないかなあ」

「たぶんだいじょうぶだよ。私のほうこそ、なんかすごい緊張しちゃった」

「そう？　なんかめっちゃ普通に喋ってるように見えたけど」

「なんていうか、みんなノリでしゃべってる感じしたから、とりあえずノリ合わせときゃなんとかなるかなあって」

「あーお前馬鹿にしてんだろー」

「してない、してない」

それから授業の話になる。とりあえず俺は勉強を頑張ることを水村に約束させられた。わからないところは教えてあげるから、と励まされてしまう。反対に俺は水村に運動をもっと頑張れよと突きつける。さすがにあのリフティング能力で部活に参加されるのはまずい。

「そういえばさ、なんなのあいつ。磯矢」

コーヒーをストローでかき混ぜる。からからと氷が軽やかな音を出しながらぶつかり合う。

「あー、磯矢先生ね。あれはねーしかたないんだよ」

「仕方ないってなんだよ、あんなん普通にセクハラじゃん。なんで誰も言わねえの？」

「言えないよお。言えるわけないじゃん」

「わっかんねえなあ。俺だったらぶん殴ってやるのに」

「ぶん殴るかあ。それ、できたらめっちゃ気持ちよさそう」

そう言って水村が不格好な構えで右手でジャブを打つふりをする。やったれやったれ、と煽ってみる。

そんな調子で互いの一日の報告を終える。そして、これから毎日放課後に会って報告をしあうことを決めた。その度に異邦人というのも財布的になかなか厳しいものがあるので、今朝話していた屋上のドア前の踊り場に集合することになった。

毎日。話していてその単語を口にするときだけ喉に詰まる。いつまでこの状況が続くのだろうか。何度も何度も浮かんでくる誰も答えを知らない疑問をかき消す。また感情的に水村を詰問したところで困った顔をさせてしまうだけだ。それに、その疑問を口にしてしまうと、なんだか本当に二度と戻れなくなってしまう気がして、俺は叫びたくなる気持ちをアイスコーヒーと一緒に飲み込んで笑った。水村も笑ってくれていた。とりあえずは、それで全てオッケーだと思った。

神経をすり減らす日々だったが、一応は順調に過ぎていった。俺はいつまで経っても女子との会話がうまくならず成績も上がらず、水村は体が俺のお陰かそれなりにスポーツはこなしていたが部活は苦痛過ぎてほとんど行っていないようだった。それでも、当然かもしれないが俺たちが入れ替わっていることに気付く者は誰もおらず、それどころか俺たちは今もほとんど話したことすらないと周りは思っているようだった。悪事の相談みたいにこそこそと人目を避けて逢瀬を重ねていたのだから、当然といえば当然かもしれないが。

互いの家には頻繁に遊びに行くようになった。ある日水村から言われたからだ。お母さんやお父さんやペロに会いたい。この年齢で異性を家に招くというのは変な誤解をされかねないとも思ったが、泣きそうな顔で唇を噛む水村の顔を見てしまうと断ることなんてできなかった。それに俺だってその気持ちは痛いほど分かった。家が恋しくて、夜寝る前にその感情が爆発して、枕に顔を押しつけて声を殺して泣いたのも一度や二度ではなかった。あんなに疎ましかった母にも空気みたいな存在の父にも、たまらなく会いたかった。緑ともう一度、馬鹿みたいな話をして笑いたかった。もちろん水村にはそんなことは言えなかったが。

水村の両親はやたらと娘の異性の友人を歓迎した。きっと元々仲の良い家族だったのだろう、その男は一気にその家に溶け込んでいった。楽しげに自分の母親と話す水村の姿を見て、ちくりと胸が痛んだ。俺はここにいていい人間じゃないとすら感じた。

俺も水村に家へと招いてもらったが、俺の親は俺に対して無関心だった。元々自分の息子にあまり関心を寄せない親だなとは思っていたが、異性を家に連れてきても素っ気ない態度を取る母の姿に少し寂しくなった。時々父を見かけることもあったが、億劫(おっくう)そうに会釈するだけで眼鏡の奥の小さな目は伏せたままだった。弟の緑に至っては土日に遊びに行っても野球に出てしまっていることがほとんどで、顔を合わせることもなかった。それでも、ほんの少しでも家族の顔を見られることは俺にとって救いだった。

俺が一番危惧(きぐ)していたのは、水村の彼氏の月乃(つきの)君だった。聞けば、付き合うきっかけはナンパされたからだという。二つ年上、出会いがナンパ、しかも名前が『月乃』。こりゃ相当チャラい男だろう。水村曰(いわ)く付き合ってまだ三ヶ月程で手を握るくらいしかしていない、とのことだったが、貞操の危機も近いと俺は身構えた。いくらなんでも俺が中にいるときに初めてを奪われるわけにはいかない。そう覚悟してデートに臨んだのだが、月乃君は俺が想像していた野郎とは全く違う男だった。

ポロシャツにジーンズという野暮ったい格好、背もあまり高くなく童顔で、年上には見えない。やたらさらさらの前髪の奥の目は柔和そうで、ナンパをしてくるような男にはとても思えなかった。あとから聞いたところによると、友人にほぼ罰ゲーム的感覚で好みの子をナンパして来いと言われたそうだった。ところが標的にされた水村の方もそれほど悪い気はせず、そのまま付き合うことになったようだ。だから優しそうな人だからだいじょうぶって言ったじゃん、と怒られたが、女の言う優しいなんて何の参考にもならない。

まなみちゃん、と月乃君は呼んだ。月乃君とのデートは映画館ばかりだった。しかも電車男とか宇宙戦争とかじゃなくて、聞いたこともないタイトルの見たこともない俳優が出てくる映画ばかりで、よく意味が分からなくて居眠りばかりしていた。映画が終わると月乃君は困ったような顔で、ごめんね次はもっと面白いやつ探してくるから、と笑い、責めも怒りもしなかった。

月乃君はいい奴だった。少なくとも俺にとっては笹垣や高見よりもずっと話しやすく、一緒にいて楽しかった。映画の話になると饒舌になって、普段感情を露わにしない月乃君がそのときだけは興奮しまくるのが面白かった。ほとんど何を言っているか分からなかったけれど、キューブリックとハネケとかいうのが好き、ということだけは覚えた。

でもそんな月乃君が、おどおどと手を繋ごうとしてくるのはどうにも気色悪さが拭えなかった。スマートに手を繋ぐというのができないらしく、不自然な様子で手の甲を触れ合わせてきたりするものだから、苛々して俺が率先して手を握ってやることが多かった。その途端顔を赤くして口数が減る姿がなんとも気持ち悪かった。そもそも男と手を繋ぐこと自体抵抗感が強く、それでも俺は我慢して月乃君の手汗を手のひらに感じ続けていた。

そんな日々を過ごして、季節は本格的に夏になろうとしていた。元に戻る気配は微塵もなかった。

その日も、俺達は屋上のドア前に集合していた。情報交換のついでに、俺は鞄に入れていた漫画を水村に手渡した。

「はいこれ。十七巻でいいんだよな？」

「そう！　ありがとうー、うっかり買い損ねてたんだよねー。読んだ？」

「いや読んでない」

「えー読みなよー、フルバおもしろいよ！　うちに全巻あるよ！」

「いやあるのは知ってるわ、さすがに」

そんなやりとりをしていると、階段の下の方から誰かが顔をひょっこりと覗かせた。

俺、つまり坂平陸の友人の田崎だった。空気が一瞬にして凍る。やばい。見られた。

核心的な会話をしていなかったのはまだ幸いだったが、一緒にいるのを見られるのはできれば避けたかった事態だった。こんな所でこそこそ会って話すなんて、仲を疑われるに決まっている。変な噂を立てられたら厄介だ。どうやって言い訳をしよう。慌てて水村の方を見ると、完全に思考停止しているようで表情が固まっていた。

「ごめん！　すまん！　お邪魔しました！」

同じく固まっていた田崎が我に返って踵を返そうとする。やはり同じように我に返った水村が「ちょっと、ちょっと待てって田崎！」と声を張り上げて引き留める。

「ちがうから。おまえが思ってるのとはぜんぜん、ちがうから」

「いやいいんだ坂平、誰にも言わないから俺。いやしかし意外な組み合わせすぎてちょっとおじさんびっくりですよ」

「あのな、ちがうの。これ、これなの」

そう言って水村が手にしていた漫画を田崎の目の前に突きつける。その表紙を田崎がまじまじと見つめる。

「何これ。フルーツバスケット？」

「そう。あのな、これまでだれにも言わないでほしいんだけど、おれ、少女漫画大好きなんだよ」

田崎がきょとんとした顔で水村を見つめている。多分、俺も同じ顔をしていただろう。

「え？　どういうこと」

「だからー、水村に漫画借りてただけなんだよ。でも恥ずかしいから、わざわざこんなところでこそこそしてたってだけ。まじでそんだけ」

「はー。坂平にそんな趣味がねえ。でもなんで水村さん？　接点なさそうだったけど」

「ブックオフで少女漫画立ち読みしてるとこ見られちゃったんだよ、こいつに。そしたら趣味がめちゃめちゃ似てるってわかってさ。うち弟と同室だから少女漫画とか買えないじゃん。だから、水村に借りるようになったんだよ」

ゆっくりと言い聞かせるように説明をする水村の姿を階段に腰掛け見下ろしながら、俺は感心していた。よくもまあそこまですらすらと言い訳が口にできるものだ。多少苦しいような気もするが、まあ田崎は馬鹿だからきっと誤魔化せるだろう。何より、俺のふりをする水村を初めて間近で見たが、その自然さに驚いていた。俺は多分、ここまで器用に水村まなみを再現できていない気がする。

「これ、そんなに面白いんだ」

いつの間にか漫画を手にしていた田崎がぱらぱらとページをめくる。

「おもしろい。超傑作ですよ」

「へー。俺も借りようかなー。ねえねえ水村さん」

急に話を振られた俺は思わず体をびくりと震わせる。

「俺にも貸してよー。これ読んでみたい」

「え。う、うん、全然いいよ」

「なんだよおまえ、ほんとに読むのかよ」

「なんだよーいいじゃねえかよ、俺も少女漫画同盟入れてくれよ」

「なんだよそれ、勝手に変な同盟作んなよ」

「いいじゃん。よくない？　あってか俺、うんこしたいんだった」

はいこれ、と漫画を水村の手に返す。

「えっなんだよ、トイレ行く途中かよ」

「いやうんこバレやだからさ、いつも催したときはこの階まで来るんだよね。そしたらどっかで聞いた声するなーって思ったら二人がいるからさ、もうびっくりっすよ。ってか漏れるわ！　じゃあ！」

怒濤の勢いでまくし立てるとひらひらと手を振りながら廊下を走って去っていった。

俺たちはその後ろ姿をぽかんと見送る。

「ねえ、へいきかな。変に思われてないかな？」

さっきまでの堂々とした態度が嘘のように、水村がおどおどと尋ねてくる。

「まあ大丈夫だろ。あいつ、あほだし」

どうせその場の勢いだけで言っているに違いない。明日になれば自分の言ったことも忘れてへらへらしてるだろう。二人でそう結論付けたが、翌朝田崎はわざわざ俺の席まで来て「水村さん、おはよ」と声をかけてきた。今まで接触したことのない男子生徒の突然の挨拶に、笹垣と高見はぎょっとした顔で田崎を見上げていた。多分俺も同じ顔をしていただろう。それでも意に介さず、やはり田崎はへらへらと笑っていた。

「昨日のやつ持ってきてくれたー？」

「え。あ、ご、ごめん。忘れちゃった」

「えーまじかー。明日は頼むな！　何冊持ってきてくれてもいいから！」

それだけ言うと田崎はいつものグループの中へ入っていく。おはー、と軽薄そうな挨拶を交わす声が聞こえてきた。

「え、なに、みっちゃんいつから田崎と仲良くなったの？」

興味津々で聞いてくる高見に、別に仲良いってわけじゃないよーと言葉を濁す。ふうん、と低い声で笹垣が相槌を打つ。

そんなやり取りを経た結果、屋上のドア前の秘密の待ち合わせに、田崎も参加するようになった。初めは漫画のやり取りだけだったのが、普通に雑談するようになり、たまに家に行って遊んだりするようにもなっていった。はっきり言って、めちゃくちゃ楽しかった。水村はもしかしたらこの関係性をあまりよく思っていなかったかもしれないし、田崎は多分何も考えていなかったのだろうが、俺はこの三人で遊ぶことが一番好きだった。最終的に、俺の高校生活で一番大きな割合を占めていたのは彼らとの時間だった。その世界では誰も俺に、水村らしさを強要しなかったからだ。もちろん女としての振る舞いは必要だったけれど、軽口も冗談も何も考えず臆することなく言えて、誰の目も気にすることなく笑えて、それだけで俺は居心地が良かった。いつの間にか、一緒にいることを隠すこともしなくなっていた。

けれど笹垣や高見はそれをあまりよく思っていないようだった。直接言われたことがある。彼氏いるのに、男子とばっか遊んでるってどうかと思うよ。俺は曖昧に笑うことしかできなかった。

二人の体には何も起こらないまま、夏休みが近付いてきた。俺が最も危惧していた期末試験も、かつてないくらい勉強したお陰か今までで一番の手応えだった。元々水村の脳味噌の構造がいいのかもしれない。反対に水村は「この頭、うまく働かないんだけど」とぶつぶつ文句を言っていた。失礼な話だ。

試験が終わり、俺の中で憂鬱が膨らむ要因が一つだけあった。部活の再開だ。夏休み中ももちろん部活動はある。あまり意味のなさそうな走り込みもひたすらこなすだけの素振りもそこまで苦痛じゃない。原因は磯矢だった。磯矢のあの這い回るような指の感触を思い出すたび吐き気がした。あれなら月乃君の汗ばんだ手を握っている方がまだ幾分かましだ。

そして、終業式の日から部活が再開されることになった。にやにやと蛙の顔で笑う磯矢の顔を見るだけで気分が悪くなる。そして三十分ほどの走り込みが終わって、素振りの時間になる。

「試験終わって気緩んでんじゃないだろうなー。フォームはしっかり練習しろよー」

いかにも教師っぽいことを吐きながら、一列に並んだ女子生徒達を一人ひとり指導していく。贔屓（ひいき）は目に見えて明らかで、興味のない生徒に対しては手すら触れずに口頭で指導するだけなのに、お気に入りの生徒には執拗なほどフォームの修正に時間をかけている。磯矢がじわじわと近付いてくるごとに、暑さのせいではない嫌な汗をじっとりと背中にかいていた。

「ほら、水村。上半身が下がってきてるぞ」

その言葉と共に急に腰を掴まれる。びくっ、と体が頭よりも先に拒否反応を示す。すみません、と声にならない声で返事をする。

「グリップもきちんと握って。ちゃんと強く、な」

二の腕からラケットを握る右手までを、必要のない緩い速度で撫でられる。触れられた部分から鳥肌が一気に広がる。ふざけんな、こいつ。ラケットでぶん殴ってやろうか。もちろん、思うだけでそんなことはできない。この体でできるわけがない。

「よくなってきたぞ。そのままラケットを振ってみて」

顔が異様に近い。吐息が髪の毛越しに耳にかかる。生温かくて気持ち悪い。手はいつの間にか脇腹を撫で回すように動いている。姿勢を矯正するふりで磯矢の指先に力が籠(こも)った。人差し指が胸の下の方に食い込んで、感触を確かめるようにそれが何度も動いた。

駄目だ。気持ちが悪い。吐き気がする。頼む。早く終わってくれ。俺にはそう祈ることしかできなかった。分からない。どうして水村はこんなこと毎日我慢できるんだ。どうして、仕方ないの一言で笑って流せるんだ。だってこんなのただの暴力だ。燦々(さんさん)とした日差しの下、公然と穏やかに行われる凌辱(りょうじょく)だ。

「磯矢先生！」

急に聞き覚えのある声が聞こえた。その瞬間、芋虫のような指から解放される。俺と磯矢は同時に声のした方を向く。水村だった。遠くに田崎達の姿も見える。

「誰だお前、今部活中だぞ」

磯矢がそう憎々しげに言い放つのと、水村が不格好に両手を構えるのはほぼ同時だったように思う。それに気付いた俺が、おいそれはやめとけ、と叫ぶよりも早く、水村の右手が磯矢の頰を打ち抜いた。それほど重い一撃とも思えなかったが、完全にノーガードだった磯矢の顔面は空に撥ね、そのままグラウンドに倒れ込んだ。きゃああ、とテニスウェアの女子達が叫ぶ声が聞こえる。田崎が慌てた様子でこちらへ駆けてくる。磯矢は鼻血を出して殴られた頰を押さえ砂まみれで転がっている。俺が呆然と水村を見つめていると、わざとらしく舌を出して言った。

「めっちゃ気持ちよかったあ」

何笑ってるんだ、この女は。

当然のことながら大騒ぎになった。痛い痛いと半泣きの磯矢と俺と水村は三人別々の部屋に入れられ、それぞれ事情を聞かれた。二人がどんな受け答えをしたのかは知らないが、俺はどうにか水村、というより坂平陸が問題にならない方向に持っていくよう話した。とはいえほとんどは真実だ。磯矢が恒常的にセクハラを繰り返していたこと。それを坂平陸がたまたま目撃して、きっとカッとなって殴ってしまったのではないかということ。話し終えると担任は分かったとだけ言い、家に帰らされた。

結果的にソフトテニス部はしばらく休みになった後、顧問が変わった。磯矢が学校を辞めたという情報はあっという間に広まった。家庭の事情で自主退職、というのが表向きの理由だった。俺はいづらくなって部活を辞めてしまった。水村は夏休み中だというのに十日間自宅謹慎を言い渡され、そのまま俺と同じようにサッカー部を辞めた。

事情を知った母親は俺の心配をしてくれた。気づかなくてごめんね、ひどいことされたね、怖かったね。そう言って抱き締めてくれた。不覚にも泣きそうになった。こうやって抱き締められているのが水村だったらよかったのに、とも思った。

そして母親が次に心配したのは坂平陸だった。自分の娘を助けた男に対して、お礼を言いに行かなきゃと騒ぎ始めた。やめとこうよと言う俺の制止も聞かず、連れ立って坂平家に行くことになった。

水村の母親を自分の本当の家に案内する、という行為をなんだか不思議なものに感じていた。そして団地に着いたとき、激しい羞恥を覚えた。水村の家は中心街から少し離れているとはいえ立派な一軒家だ。片や俺の家はみすぼらしい団地で、エレベーターすらついていない古い建物だ。水村にこの家を知られたときは何とも思わなかったのに、水村の母親に知られるのは何故かすごく嫌だった。母親にも会わせたくなかった。水村の母親は家でもきちんとした格好をしているし、薄いながら化粧もしている。一歩も外に出ない日であっても、だ。一方俺の母はパートに出る時も長い髪をひっつめてマスクをするだけで、ほとんどすっぴん。家にいる時は俺が小さい頃からずっと着ている毛玉だらけのスウェット姿だ。今までなんとも思っていなかったのに、急に自分の家庭が恥ずべきものに思えてきてしまった。家のドアの外に置いてある薄汚れた自転車も弟のバットやグローブも、ブザーみたいな変な音がするチャイムも、全部が恥ずかしかった。そして、家族を恥ずかしいと思うことに激しい罪悪感を覚えていた。

インターホン越しに母の不機嫌そうな声が聞こえてくる。先日お電話した水村です、と水村の母親が答える。ややあって、ぎいいと不快な音を立ててドアが開いた。声だけではなくて表情も不機嫌そうな母の顔が隙間から見える。やはりいつものように化粧っ気はない。どうぞ、と促されて俺達は家の中に入る。玄関にはバラバラに散らばった靴がひしめき合っていて、靴箱の上には父がお土産に買ってきたよく分からない置物と、自転車や家の鍵が乱雑に置かれていた。見慣れていたその光景が今はだらしなくてみっともないものに見えてきてしまう。

「べつにわざわざ来ていただかなくてもよかったんですけどね」

「そんな、こちらとしては娘を助けていただいた身ですから、ご挨拶しないことには」

不躾（ぶしつけ）な母の態度にも、水村の母親は平身低頭の様相を崩さない。なんだか情けなくなる。玄関先にずっと立たせたままで、中に入れる気もさらさらないようだ。母をじっと見つめていると、不意に目が合った。慌てて視線を爪先に向ける。それでもつむじ辺りに湿った視線を感じていた。母にとって、水村まなみは敵なのだと知った。それがはっきり分かるぐらい母の視線には敵意がたっぷりと詰まっていた。どうしてこんなに嫌われてしまったのか分からない。視界の中の青いスニーカーが歪む。息がしづらくなる。こんなことなら、やっぱり会いに来なければよかった。

「これ、つまらないものですけど、どうぞ」

そう言うと水村の母親は菓子折りの入った紙袋を渡す。母はそれを受け取り袋の口を開き一瞥すると、「どうも」と小さく礼を言った。

「禄！」

急に部屋の奥に向かって声を張り上げる。遠くに見える襖が開き、少年が鼻の頭をやたらとこすりながらひょっこりと顔を出した。禄だ、と思った。いがぐり頭もくりくりとした両目も右の眉毛の上のほくろも中学二年生にしては低い背も、何も変わっていない。久し振りに見る弟の姿に喉元が熱くなるのを感じた。許されることなら、かつてそうしていたようにぎゅっと両頬を手で挟んで、そのざらざらとした頭を撫で回してやりたかった。

「これ、もらったよ。食べなさい」

緑は紙袋ごと菓子折りを受け取ると、ありがとうございますとちょこんと頭を下げ、また部屋の奥へと消えて行った。

「あの、よかったら陸くんに直接お礼を言いたいんですけども」

水村の母親がおずおずと申し出ると、母がぎろりと黒目を動かして睨みつけた。

「陸は会うのをいやがってますので」

「あの、一言だけでいいんですけど」

「すみませんが、今日はもうお引き取り下さい」

そう言って母が踵を返そうとしたとき、また奥の襖が開いた。水村だった。そのまま まっすぐこちらへ向かってくる。

「陸、あんたは出てこなくていいって言ったでしょ」

そう吐き捨てられるも水村は意に介さぬ様子で俺達の目の前に立つと、ぺこりと頭を下げた。

「すみません、わざわざ来てもらっちゃいまして」

「そんな、助けてもらったのは私たちなんだから、いいのよ。ね、まなみ」

「うん。坂平君、ありがとうね」

倣って礼を言うと、水村がゆっくりとこちらに視線を向けた。目が合う。そしてすぐについと視線を水村の母親に戻し、やたらと丁寧な口調で水村が言う。

「おばさん。ちょっとまなみさん借りてもいいですか」

「え？　ええまあ、いいけど」

「ありがとうございます。水村、ちょっといい？」

半ば強引に誘いながら水村が靴を履くと、「あんた自宅謹慎中でしょう！」と母の怒声が飛んでくる。思わず身構えるが、水村は平然とした様子で、そこの公園まで行くだけだからと顔すら見ようとしない。

「あ、それじゃあ私たちはここで。お邪魔しました」

出て行こうとする俺たちに合わせて、水村の母親も頭を下げて部屋を出る。ドアが閉まる最後の瞬間まで、母はじいっと俺を睨み続けていた。

ほんとうに今回はありがとうね、と過剰なほど頭を下げ続ける水村の母親と別れて、俺たちは団地のすぐ近くの公園のベンチに腰を下ろした。昼間の公園にはさほど人はおらず、小さな子供を遊ばせる母親たちの姿がちらほら見える程度だった。

「いやあほんとうに今回はごめんね、坂平くん」

へらへらと笑う水村を、ほんとだよと肘で小突く。

「あそこで殴るか、普通？　みんなポカーン状態だったぞ」

「いやあなんかカッとなっちゃって。我を忘れるってああいうのを言うんだねえ」

「カッとなるとか、水村にしては珍しいじゃん」

はは、と乾いた笑いを浮かべる。その視線はどこを見るともなく、ただ虚空に向けられていた。

「なんか、磯矢にああいうことされても、ただ黙ってじっと耐えてる坂平くん見てたらさ、すっごくムカついてきちゃって。私もずっとああやって我慢してきてたんだなあって思ったら、いてもたってもいられなくなって、ついつい、ね」

「ついついね、じゃねえよ。まあ殴りたくなる気持ちも分かるけどさ」

「でしょ。あー気持ちよかった」

そう言って水村は伸びをする。その言葉とは裏腹に、表情には晴れやかさはちっとも見られなかった。さぞかし嫌だっただろうな、と想像してみる。俺だって目の前で自分の体が、誰か他人から苦痛を与えられているのを見てしまったら、同じことをしてしまったかもしれない。

「それより水村、ママになんか言われなかった？」

「なんかって？」

「あの人、今日もめっちゃピリピリしてたじゃん。怒られたりしなかったかなって」

「まあ、怒られはしたけど」

困ったように笑いながら、首筋に垂れた汗を手のひらで拭っている。相変わらず、その体は汗っかきのようだ。

「でも、坂平くんが言うほど、お母さんって怖くないと思うよ」

「えー。そうかなあ」

「うん。今回だって怒られはしたけど、私になんて声をかけていいか、わからないから怒ってるって感じだった。うまく言えないけど……怒りたくって怒ってるんじゃないって感じがする」

なんだそれ。よく分からない。怒りたくないなら怒らなければいい。昔みたいに笑っていてくれればいいのに。

そう心中で毒づきながらも、今日俺に向けられた敵意は、自分の息子を護ろうとしたためだったのかもしれないとも思い始めていた。母にとって水村まなみはきっと、息子を脅かす存在なのだ。

「あ、そうそう。これを渡したかったんですよ」

押し黙ってしまった俺に、わざとらしく明るく言う。シャツの背に隠していた二冊のノートを取り出す。赤と緑のリングノートだった。その内の緑色の方を渡してくる。

「何だよ、これ」

「夏休み入っちゃったからさ、私たちあんまりもう頻繁に会えないでしょ。田崎くんと遊びに行く約束してるくらいでさ。だから、このノートに一日の出来事書きとめておいたらどうかなあと思って。そしたらとつぜん元に戻ったときでも、このノート見たらいろいろわかるでしょ。ま、日記みたいなもんかな」

「なるほどね。なんか恥ずかしいけど、了解」

渡されたノートをぺらぺらとめくる。夏休みの日記ですら満足に書けた記憶がなかったが、そうも言っていられないだろう。戻ったときに困るのは水村なのだ。

「戻るとき、来るのかなあ」

思わず口に出してしまう。しまった、と慌てて唇を噛んだがしっかり水村に聞こえてしまっていたようだった。もうその類の言葉は口にしないと決めていたのに。

「夏だよ。今年の夏が終わるまでは我慢しよう」

それでも水村は、ただ屈託なく笑う。

「夏？」

「そう、夏。なんていうかさ、こういう不思議なお話って、ひと夏の物語って感じしない？」

なんだそりゃ、と思わず笑う。

「だからさ、今年の夏だけがんばって乗り切ろ」

「おう、そうだな」

結局そうやって水村に励まされてしまう。体のずっと奥の方が自己嫌悪で沈み込む。いっそ水村も弱音を吐いてくれればいいのに。二度と戻れなかったらどうしよう、と二人で泣き合えたらいいのに。無意味な傷の舐め合いでも、無理に笑顔を作るよりはずっといいのに。

「月乃くんとさ、夏休みどっか行こうとか言ってる?」

「ん。とりあえず、夏祭りには行こうって話してる」

「そっかあ。いいなああ、私も月乃くんと夏祭り行きたかったよー」

水村がノートを胸に抱え天を仰ぐ。俺も真似をして空を見上げてみた。照り付ける日差しが眩しくて目をすがめる。いつの間にか聞こえていた蝉の鳴き声が、余計夏の強さを感じさせている気がする。皮膚にまとわりつくような粘つく暑さで、鼻の頭に丸く汗をかいていた。

「空とか、あんまこうやって見ることないよね」

水村が額に浮かぶ汗を手の甲で拭う。俺は何も答えず、その仕草を見届けてまた空を見上げる。空は子供が画用紙に塗りたくるような嘘っぽすぎる青で、雲はその中をちらちらと泳ぐ。真ん中には自己主張の強い太陽が一つ光っている。確かに、晴れた空を眺めるのは久し振りだった。どうしてだろうと考えて、雨が降りそうな曇り空の時にしか、天気なんて確かめたりしないからだと気付く。

「また来年の夏行けばいいじゃん」

体を戻して言う。同じように、水村も体を戻す。

「そうだね。来年の楽しみに取っとく。ありがと、坂平くん」

そう言って水村が破顔する。あてのない希望でも、とにかく縋ってみたかった。縋り続ければ、きっと神様だって見かねて助けてくれる。そうやって言い聞かせて、必死で自分の中の不安な声をかき消し、大きく息を吸い込む。

湿った夏の匂いがした。

30

俺達は飽きもせずいつも同じ話をする。二人で記憶をゆっくりとなぞるように、十五年前のその日の話から始める。懐かしむというより、思い出を風化させないためみたいに。

「初めの方は大変だったよね、ほんと」

コーラを飲みながらしみじみと言う水村に「まあな」と同調する。

「お互い必死だったからな。役者じゃないんだから演じきれるわけないんだし」

「ふとした瞬間に素が出ちゃったりするしね。坂平くんが田崎くんを呼び止めようとして『おい田崎』って言っちゃったとき、まじでふざけんなって思ったよ私」

「え。そんなことあったっけ」

「あったよー。本気で血の気引いたからね。きょとんとした田崎くんの顔は笑えたけど」

「うわ超こええ。どうやって切り抜けたんだっけそれ」

「何事もなかったかのように『ねえ田崎君』って言い直してたよ。変に取り繕わないのは大正解だったと思う。ってかほんとに全然覚えてないのね」

「ぜんっぜん覚えてない。水村は記憶力いいよなあ」

「坂平くんが忘れっぽすぎるだけだから」

とはいえ、あの日々が忘れてしまえるくらいの過去になっていることに安堵を覚えている。とにかく薄氷を踏むような毎日だった。親や友人と話すたびに細心の注意を払い、水村まなみのイメージからはみ出さないように一日一日を過ごした。神経が削り取られていくような日常も、当時は苦しくて仕方なかったのに、いつの間にかそれを、あのときは大変だったねなんて笑い合えるようになっている。ちょっとちくっとするときもあるけれど、昔とは違う甘い痛みだ。

「そういえば水村、今日うちに来るでしょ」

「うん、そちらがよければ」

「全然いいよ。母さん、多分今頃張り切って料理作ってるよ」

そうかあ、楽しみだなあ、と困ったような顔で水村が笑う。氷で薄まったアイスコーヒーを飲み干して、そろそろ行こうか、とどちらからともなく言い出し、俺たちは席を立つ。

「あ、ねえ坂平くん。そっちの家に行く前にさ、悪いんだけどこっちの家に寄ってもらえない？　荷物だけ置いて行きたくて」

「ああ、全然いいんだけどさ。俺も親父んとこ寄りたいから、先にそっち行ってからでいいかな」

「あ、そうだよね、それはもちろん。私もいっしょにあいさつしたいし」

店主に別会計でそれぞれ金を払い、ご馳走様でしたと言って店を出る。昼を少し過ぎた陽の光は七月にしてはやけに強い気がした。

十五分ほど車を走らせて墓地へ向かう。途中で寄った花屋で買った供花と、寺で借りた桶と柄杓を手に、父のもとへ歩く。

「やっぱり、二人揃わないとちゃんと墓参りしたって気分にならないよね」

父の墓に着いて、それを見下ろしながらぽつりと水村が呟く。

「毎年お盆にはちゃんとみんなでお墓に来てるけどさ」

「いつも、墓参りしてくれてありがとな。水村」

「そりゃあね、私のお父さんだもん。当然ですよ」

俺の本当の父は六年前に他界した。禄が内定を取ったのを見届けて、自らの役目は終わったとばかりに心筋梗塞であっという間に逝ってしまった。

ある程度墓の周りを片付け、墓石に水をかけ終えると、二人で花を供え線香を上げ手を合わせる。周りに大きな建物もなく、うなじに照り付ける日差しがじりじりと暑い。額の汗を手で拭いながら立ち上がる。

「そういや、禄は元気？」

　緑とはしばらく会っていない。水村から送られてくる写真を見るたび、随分大きくなったなあといつも思う。俺の中の弟のイメージは、いつも俺にまとわりついて、俺と喧嘩して泣き喚いて、布団を並べて眠りに就いて、そんな頃の姿ばっかりだ。

「元気に忙しくしてるみたいよ。なんかもう仕事が楽しくてしかたがないって感じ。私には理解できないわあ」

「あいつもいい加減落ち着けばいいのに」

「まあまだ二十八だもん。兄貴だって落ち着く気配ないわけだしね」

「確かに、それもそうか」

　ははは、と水村が乾いた笑いを浮かべる。緑の話をするときの水村は、いつも少しばつが悪そうな表情を見せる。仲が悪いというほどでもないが、ほとんど連絡を取り合うこともなく、年末年始に顔を合わせるくらいの交流しかないらしい。幼い頃よく懐いてくれていた緑の姿を知っている俺としては、その不干渉ぶりを耳にする度なんだか少し寂しい気持ちになる。それを水村も分かっているから、そんな顔をするのだろう。

「立派に親不孝させていただいてますよ。その点坂平くんはすごいよ。なんていうか、まっとうだなって感じがする」

「別に、結婚とか子供とかだけが親孝行ってわけでもないだろ」

そうかなあ、と困ったように笑う。そんなやり取りをしながら寺へ桶と柄杓を返しに行き、そして車へと向かう。

「それじゃあ、親孝行で肩たたきでもしに行こうかな。お願いできますかね、運転手さん」

お安い御用です、と恭しく頭を下げてみせる。

水村はいつも肝心なことを言わない。だから水村が何をどう思っているか、俺はほとんど知らない。自分の生き方に疑問を持っているのかもしれない。俺の父に孫の姿を見せられなかったことを後悔しているのかもしれない。結婚しないのも何か理由があるのかもしれない。でもそれは俺が水村の言動の端々から勝手にそう思っているだけで、そんなことちっとも考えていないのかもしれない。

何も言葉にしないのは、水村なりに気を遣っているからなのだろう。でも、それはなんかずるいなと思う。俺は水村がいてくれなければ、この体で十五年生きていくことはできなかった。でもきっと水村は違う。俺がいなくても、坂平陸という男として充分生きていけただろう。

水村まなみという女は、そういう人だ。強くて、ずるい人だ。

俺の生まれ育った家はもうない。中学生の途中で越してきて、家族四人で身を寄せ合って過ごした狭い団地の一室だったが、それなりに思い入れはあった。けれど息子が二人とも東京へ行き、夫を亡くした俺の母は一人でそこで過ごすことを嫌がり、アパートの一室を借りて暮らすようになった。昔から世話になっている蕎麦屋で未だ細々と働いているらしいが、今の母の他人との交流はたったそれだけだ。古いアパートの部屋で、ぽつんと一人で寝食をする母の姿を想像すると、どうにも居た堪れなくなる。

水村もそう思ってくれているのか、盆正月や長期の休みの時など頻繁にこっちに帰ってきているらしい。水村だって忙しいのに、ありがたいことだ。

アパートの前に着く。着いたよ、と言うと、助手席の水村がじっと俺の顔を見つめてくる。

「なんだよ」

「坂平くんも、いっしょに来る？」

「馬鹿言うなよ」思わず鼻で笑ってしまう。我ながら感じが悪い。「行くわけないだろ」

そっか、と水村が小さく返す。じゃあ行ってくる、ありがとね、と言うと助手席を出て、後部座席の荷物を肩にかけると、アパートへ向かう。

車からは母の住む部屋のドアが見えた。二階の一番端っこ。階段を上った水村が、その部屋の前に立つ姿が見える。そしてしばらくして、ドアが開く。水村の陰になってそのドアの向こうは見えない。水村が部屋に入っていく瞬間に、ちらりとシルエットが見えた。遠目だからよく分からないが、なんだかまた背が小さくなったような気がする。

もしかしたらもう二度と母と会うことはないかもしれない。父が死んでから、そう思うようになった。老いていく母の顔も声も、俺は多分知らないまま終わる。

東京へ出て行くとき、覚悟はしていたはずだった。これが今生の別れになるかもしれないと。でも現実はそんな甘い覚悟を悠々と凌駕する。だってこの期に及んで俺は望んでしまうのだ。父と母と弟と、あの団地で食卓を囲んで笑い合うことを。とんでもない絵空事だ。その夢の中ではみんな、十五年前の顔をしている。そして俺は、坂平陸としての時間は十五年前で止まってしまっているという事実を、ただただ突きつけられるのだ。

18

夏が終わればきっと元に戻っているだろう、という俺たちの目論見は見事に外れた。

夏休みが終わっても入れ替わったままで、俺は絶望的な気持ちに陥っていた。怖かった。もう二度と俺は男として、坂平陸という人間として生きることはできないかもしれない。女の子と付き合ったりキスしたりエッチしたり、そういうのをしないまま人生が終わる。自棄を起こしそうだった。実際何度も水村を怒鳴りつけていた記憶がある。ふざけんなよ、どうすりゃいいんだよ。俺の人生返してくれよ。同じ境遇の水村に当たり散らすなんてみっともないが、水村にしかその感情を吐露できなかったのだ。

けれど水村は笑っていた。まあ、どうにかなるよ、きっと。目が覚めたらあっさり戻ってたりするって。その能天気さにいらついた。でもその能天気さに救われた部分もあった。

今だから分かる。その緊張感のない言動は、俺を安心させる為だったのだと。パニックになって喚き立てたいのは水村だって一緒だったはずだ。でも彼女はそれをひた隠しにしてへらへらと笑っていた。全て俺の為に。渦巻いていたであろう不安も恐怖も、口に出そうとしなかった。事実、そのお陰で俺は平穏を取り戻せていた。いつこの人生を水村に返却してもいいように振る舞うことができていた。

でも今思うと、もう水村はこの時から、水村まなみとしての人生を俺に譲り、坂平陸として生きる決意をしていたのかもしれない。事実、水村は俺とは違いうまく立ち回っていた。驚くことに水村は俺の体で彼女を作り、そしてあっさりと童貞を捨てた。なんだか断れなくて、と笑っていた。ふざけんな、だったら俺も好きなようにさせてもらう、と思ったが、だからといって処女を捨てることもできなかった。

高校二年の二学期の、期末試験前の時だった。ちょっと相談したいことがあるんだけど、と水村に呼び出された。屋上のドア前に行こうとすると、異邦人がいいと言う。その言葉と神妙な面持ちに思わず身構える。本当に誰にも聞かれたくないことは、異邦人で話す、という不文律がいつの間にかできていた。水村から何かを相談されたのは、後にも先にもこの時だけだった。

「坂平くんはさ、進路とかどうする？」

ストローでコーラをかき混ぜながら、水村が訊いてくる。

「あー、そうだよな、その辺相談しないとだよな。でもいつ体が戻ってもいいようにってなると、無難にこっちの大学進学するのが一番いいんかな」

やっぱそうだよね、とかそれがいいよね、とかぶつぶつ呟きながら、氷の音をカラカラと立てている。水村にしては歯切れが悪い。左手では後ろ髪の毛先をくるくるといじくっている。

「なんだよ、なんか言いたいことあるの」

「言いたいことっていうか、うんまあそうなんだけど。どっちかっていうと、お願いに近いかもなんだけど」

「はっきりしねえなあ。なんだよ」

「私、東京の大学に行きたいと思ってて」

東京。思ってもみなかった単語が水村の口から飛び出して、俺の思考が一瞬固まる。

そのときの俺の東京のイメージは、テレビや雑誌の知識しかなくて、とにかくキラキラしてて、お洒落で、危ない場所だという印象だった。そんなところに行く、ましてや住むなんて発想はこれっぽっちもなかった。新幹線で一時間もかからないような場所なのに、海を隔てた別の国のように思えたし、そこに行きたいと口にする水村の気持ちが全然理解できなかった。

「なんで、東京なんだよ」

「いろいろ勉強したいことがあって」

「なんだよ、色々って」

「いろいろはいろいろだよ」

言葉を濁す水村を睨みつける。ちらりと俺を一瞥して、すぐにまたストローに視線を移す。体に悪そうな黒色がだいぶ薄まって水っぽそうだ。

「こんな理由じゃ納得できないよね、ごめんね」

「分かってんならちゃんと言えよ」

「ごめん、私もうまく言えないんだけど。でも、ずっとここにいるのはいやなの。ここが嫌いってわけじゃないけど、ここで人生を完結させたくないっていうか。浅はかかもしれないけど、東京に行って見聞を広めたいの。そういう意味での勉強っていうか」

目を伏せながら饒舌(じょうぜつ)に言い訳を口にする。薄い唇をきつめに結んで、奥二重の目を細めている。俺って、困った時こんな顔するんだな、と思った。そういえばいつの間にか、自分の顔をした男が柔らかい丸みを帯びた喋(しゃべ)り方をするのに慣れてしまっていた。

「じゃあ、俺も東京行くよ」

シロップを二つ入れたアイスコーヒーで舌を湿らせて、そう口にする。水村が伏せていた目を持ち上げる。

「俺も同じ大学行く」

「え、なんで。どうして」

「だってその方がいいだろ。もし体が戻ったとき、その方がすんなりいくだろうし、情報共有もしやすいし」

水村がもう一度目を伏せる。水が半分溶けたコーラをすすって、小さく息を吐く。

「そういうの、もういいんじゃないかなあ」

「へ？　どういうこと？」

「戻ったときそのほうがいいからとか、情報共有しやすいからとか、そういう理由で将来を決めるの、やめたほうがいいと思う。悪いけど、私はそういうの考えないで好きなことさせてもらう。だから、お願いだから坂平くんもそうして。私を言い訳にして先を見据えることを放棄しないで」

水村らしからぬ突き刺すような物言いに思わず言葉を失う。水村がゆっくりと顔を上げ、柔らかく微笑んだ。

「坂平くんも、自由に好きなことをして」

真正面から鼻っ柱を拳骨（げんこつ）で殴りつけられた気分だった。俺はこの先もずっと互いを助け合って生きていくのだと思っていた。いつ元に戻れるか分からないけれど、いつそのときが来てもいいように。でも水村は違った。自分のやりたいことを見つけて、そしてその道を選択しようとしている。俺が隣にいなくても。むしろ、俺がいては自分の思う通りに動けないとでも言いたげな声色で。

裏切られた、とも感じた。だって俺はいつだって、水村まなみでいることを最優先にして生きてきたのに。今更好きなことをしていいなんて言われたって困る。何も思いつかない。俺の好きなことってなんだったろうか。急に足元も見えない濃い霧の中にひとり放り出された心地になる。

「分かった。ちょっと考えてみるよ」

ようやくできたのは、そう言って曖昧に微笑むことだけだった。水村がほっとした表情で笑うのを見て、俺はますます打ちのめされた。

そして高校生活が終わりを迎える。入れ替わってから二年半以上が過ぎていた。高校生活で学ランを着ていたのはたった三ヶ月ほどで、セーラー服を着ていた期間のほうが長かった。スカートにもスカーフの結び方にもすっかり慣れてしまった。

体育館での卒業式を終え、生徒達は筒に入った卒業証書を手に散り散りになる。俺は携帯電話を片手に校舎裏のゴミ捨て場へ向かう。こんなハレの日にそんな所にいる生徒は俺だけだった。

不在着信が二件。履歴からかけ直す。すぐに「もしもし」と月乃君の声が聞こえてきた。

「あ、もしもし。ごめんね、電話くれたでしょ」

「あ、ああ、うん。まだ学校だったよね、ごめん」

「ううん、大丈夫。今ちょうど終わったところ」

「あ、そっか。良かった」

そして沈黙が流れる。気まずさに言葉を探そうとするも、なかなか出てこない。最近の月乃君とのデートはいつもこんな感じだった。会話が途切れる。うまく言葉が転がらない。原因は分かっている。俺がキスを拒んだからだ。

その日までは普段通りだった。いつも通りよく分からない映画を観て、いつも通りよく分からない月乃君の蘊蓄（うんちく）を聞いて。俺はそんな日々でもそれなりに楽しかったけれど、月乃君はもっと先の関係に進みたかったようだった。月乃君が大学に入って忙しくなり、なかなか会う時間も取れなくなったというのも要因の一つだろう。その日の夜、それじゃあねといつも通り手を振った俺を月乃君が急に抱き締めてきた。突然のことに呆気（あっけ）に取られて硬直していると、そのままキスを迫ってきた。月乃君のかさかさに乾燥した唇が近付いてくる。俺は思わず突き飛ばした。そして叫んでしまう。マジきもい、無理だって。

反射的に出てしまった言葉だった。しまった、と思った。あの時の月乃君の顔は忘れられない。泣きそうな表情で眉根（まゆね）を寄せて、世界中の絶望を背負ったような顔をしていた。俺がごめん、と言う前に、ごめんおやすみ、と早口で言うとそのまま去っていってしまった。

それからはずっと気まずかった。何事もなかったかのように月乃君は俺を映画に誘い、俺も何食わぬ顔で隣の席に座っていたけれど、二人とも口に出さないもやもやした何かがずっと間に横たわっていた。

会う頻度がぐっと減り、メールのやり取りもなくなっていった。俺が東京へ行って、そのままこの関係はなかったことになるんだろうな、と思っていた。そうしたら今日、急に電話がかかってきたのだ。

「どうかした？　何か用？」

仮にもまだ彼氏である相手に、何か用はないだろうと自分でも思いながらも尋ねる。用って程のもんじゃないんだけど、と月乃君は歯切れ悪くもごもごと言い淀む。

「卒業おめでとうって、一言言いたくて」

「そっか。わざわざ、ありがとうね」

「ううん。あと、色々ごめんね」

絞り出したような声に、さすがに胸が痛くなる。付き合っている相手に「きもい、無理」なんて言われたら、俺だったら立ち直れない。

「私の方こそ、ほんと、ごめん」

「いいんだ。でも、あの、僕さ」

そのまま言葉が途切れる。息を呑む気配が電話越しに伝わってくる。必死で相応しい言葉を探しているような時間だった。そしてはっきりした声で、「東京に行っても頑張ってね」とだけ言った。

ありがとう、じゃあねと言って電話を切る。酷いことをしているなと思う。月乃君にも、水村にも。二人が大事にしていたものを、俺は呆気なく壊してしまったのだ。

携帯電話をポケットに戻すと、校庭に向かう。卒業証書を持った生徒たちがひしめき合っていた。どこからかすすり泣く声も聞こえてくる。写真を撮り合ったり、打ち上げでカラオケに行こうと話し合ったり、そんな賑やかな塊を見ないようにして俯いてすり抜けていく。視界の端に笹垣と高見の姿が見え、一瞬目が合ったような気もしたが、お互い声をかけることなくすぐに視線を逸らす。

早く帰ろうと、喧騒を背に足早に校門へと向かう。学校名が書かれた札の前に、写真を撮るための列ができていた。

「あ、おい水村！」

いきなり声をかけられてびくりと足を止める。田崎だった。いつもの面子と共に列に並んでいる。そこには水村の姿もあった。視線がぶつかって、水村が困ったような笑みを見せる。

「どうしたの、もう帰るん？」

「あ、ああうん。そのつもり」

「まじかよ。せっかくなんだから俺たちも三人で写真撮ろうぜ」

すいません、こいつ入れてやってください、と後ろの生徒に声をかけ、俺を招き入れる。居た堪れない気分になりながら群衆に紛れ込んだ。

「水村はこの後なんかあんの？」

田崎が卒業証書の筒の蓋を開けたり閉めたりしながら、音を出して遊ぶ。

「夜には家族とご飯食べに行こうか、って話はしてる」

「おおまじか。それまで暇ならさ、以蔵行こうぜ」

な、と水村の方を振り向く。いいねえ、と水村が破顔する。あーでも、と言葉を濁しながら二人の奥を見やる。俺に一瞥もくれずまるでそこにいないかのように、飯田たちが談笑している。

「こいつらはいいんだよ、どうせ明日も遊ぶんだし。あ、てか水村も来る？　富士急行こうってなってんだけど」

「あ、ううん、私は大丈夫。明日用事あるし」

「まじかあ。まあ、機会あったらまた行こうぜ」

「うん。ありがとう」

こうやってなんの臆面もなく誘ったりできるのが、田崎のすごいところだと思う。誰にでも分け隔てなく爽やか。一年の時はあどけなかった顔立ちがいつの間にかすっかり大人びて、同じくらいだったはずの背も越されている。それはかつての俺である坂平陸も同じで、背の順で並んだ時に後ろから二番目になるくらいには背が伸びていた。自分を見上げながら話すのは変な感覚だった。頬は丸みを失い、骨格は力強くなていってしまっている。

り、幼さが消えつつあった。かつての俺ではない俺にどんどんとなっていっている。

水村まなみはもう背は伸びない。髪が伸びても一年の時のように短く切り揃える。なるべく、なるべくあの時の姿でいつづけようと。でも何故だか、俺だけ置いてけぼりを食らっているようだった。俺が行き止まりだと思っていた道の先を、水村たちはどんどん進んでいっている。

水村と田崎が飯田達と写真を撮って、その後俺と撮る。ペロばっかりの俺の携帯電話の画像フォルダに、ようやく人の写真が入る。

じゃあまた明日な、遅刻すんなよと田崎が飯田たちに手を振って、俺たちは以蔵へ向かう。馬鹿の一つ覚えみたいに通いまくってたラーメン屋だ。安価でなかなかのボリュームなので学生にとってはありがたい店だった。

道すがら他愛のない話をする。あのときの坂平ひどかったよな。いやいや、そういう田崎のほうがやばかったから。アルバムをめくるようにかつてを振り返る。違和感のない水村の笑顔。俺はそのやり取りを眺めながらただ黙って微笑む。その思い出の中に、自分もちゃんといることに安堵する。

以蔵に着くと、俺が味噌(みそ)ラーメン、水村と田崎がチャーシューメンの餃子(ギョーザ)チャーハンセットを注文する。

「なんだよ水村、そんなんで足りんのかよ」
「足りるよ。二人が食べ過ぎなんだよ」
「育ち盛りだからな、俺たち」
「ええ、まだ育つつもりなの」

田崎相手だと何の気兼ねもなく軽口が叩けるから安心する。それは俺が坂平陸の時からの友人だからというのもあるだろうけど、田崎の人柄によるところも大きいだろう。

笹垣と高見の前で、俺は結局最後までうまく話すことができなかった。水村として振る舞おうとすればするほど何が正解か分からなくなり、嫌われてはいけないと思うたび気のない相槌を打つことしかできなくなった。口数が減り、明るかった彼女はだんだんと無口になっていった。俺は焦った。水村の居場所がなくなってしまう。少女漫画を読み漁りテレビドラマを毎週見て、どうにか彼女達の話題に食らいつこうと必死になった。必死で言葉を手繰り寄せ頬を押し上げて、嘘くさい陽気さを作り出した。でも、ある日言われた。みっちゃんってさあ、八方美人だよね。

そしてその日から放課後の買い物に誘われなくなった。昼の弁当を一人で食べるようになった。水村まなみは、居場所を失った。

決して良い高校生活とは言えなかった。思い描いていたものとはもちろん全く違っていたし、瑞々しさのない乾燥した日常で青春を浪費してしまった。楽しげに笑う同級生達の横で、楽しくなくても満たされていなくてもいいから、ただ静かに今が終わればいいと、眠くもないのに机に突っ伏していた。

ラーメンを勢いよくすする水村と田崎をぼんやりと眺める。そんな日々の中でも、この二人と一緒にいるときだけは楽しかった。事情を共有する水村はさておき、田崎も俺に親しく接してくれた。かつて一緒にふざけあった時と何ら変わらない屈託のない笑顔。いろんなものを次々に手放していってしまうような日々の中で、田崎は最後まで俺の友人としていてくれた。

「二人のお陰で、楽しかったなあ」

思わず呟いていた。なんだよ急に、と水村が笑う。

「いやなんか急にふと思っちゃって。二人は私の人生の中の超重要人物だよ」

「よく言うよ。二人とも俺を置いて東京行っちゃうくせに」

餃子を頬張った口で田崎が拗ねてみせる。田崎は実家の酒屋を継ぐべく、卒業してすぐに家業に専念するのだと言っていた。

「まあそうすねるなって。盆正月には帰ってくるからさ」

「うん。そのときにはまた三人で遊ぼう」

水村と俺がそう励ますと、にかっと笑って「都会の遊び方教えろよな」とおどける。

でもきっとその時には既に予感があったように思う。高校という枠組みから外に出てしまえば、もう今まで通りにはいかないのだという予感が。誰も口には出さないだけで、おそらくみんなそう思っていただろう。

たぶんいつまでも幼さを武器にしているわけにはいかない。大人になることを強いられるときがやがて来る。制服でラーメンを食べることができなくなる。そう考えると、やり残したことばかりのような気がする。水村も、そして田崎も、同じような不安を抱いていてくれてたらなと思う。もう少し先の未来がどうなるか分からなくても、今日までの過去をいつまでも美しいと思っていたいと、ラーメンの中のコーンをすくいながら考えていた。

丼の中が空になっても俺たちはだらだらと喋り続け、以蔵を出た頃には空が暗くなり始めていた。じゃあね、と手を振ってそれぞれが帰路につく。制服で顔を合わせるのは、きっとこれが最後だ。

帰路を辿りながら、次にこの道を歩くのはいつになるだろうかと考えてみる。結局俺は、この土地を出ることを選んだ。

自由にしろと水村に言われた時から、俺はずっと考えていた。自分がどうしたいのか。どんな道を歩みたいのか。自分でも驚くくらいその先を見据えることができなかった。何もないのだ。やりたいことが。男に戻ったら、やりたいことはいくらでもある。彼女を作りたい。サッカーをもう一度したい。家族や友達と、男として会いたい。

でも水村は言う。私はそういうの考えないで好きなことさせてもらう。まるでその言葉は戻ることを諦めてしまっているようだった。あのときは呆然としてしまい何も言えなかったが、徐々に怒りが湧いてきた。ふざけんな。一人で何勝手に諦めようとしてんだ。いつの日にか二人が戻るときが来たら、その時に水村が絶望しなくて済むように、俺は水村まなみを演じ続けてきたというのに。自分ばっかり勝手なことしやがって。

しかし少し経った今、俺は考えてみる。本当の家族を置いて、東京へ出て行こうとする水村の真意を。東京へ行って学びたい。それもきっと嘘ではないだろう。水村は成績も優秀で、俺からしたら考えられないが、学ぶことが好きだ。でも多分それだけではない。この場所に留まれば、水村はずっと坂平陸という男を演じ続けなければいけない。それがどんなにつらいことか、当然俺にもよく分かる。慕う人たちに好きだと言うことすら許されないのだ。すぐ近くにいるというのに。

水村は言った。自由に好きなことをして、と。どんな思いで、その言葉を口にしたのだろう。

ならば、と俺は考えた。ならば俺も、もう水村まなみを演じるのはやめよう。陰気で無口なこの自分は故郷に置き去りにしてしまおう。誰も自分を知る人のいない場所で、新しい水村まなみとして一からやり直すのだ。東京という地は、それに相応しいように思えた。それを水村に告げると、憎たらしいくらい爽やかな笑みを浮かべて言った。うん、いいと思う。

　とはいえ、完全に一人の女として生きていく覚悟はまだ持てなかった。どこかでまだ諦めきれていない自分の中の声が、いつか戻れるかもしれないのにと囁いてくる。すると急に後ろ髪を引かれる思いになる。

　もう今更後戻りはできない。東京の大学に合格し、慣れ親しんだこの場所を離れる日が刻一刻と近付いている。それなのに、こうやってひとりになるとまた逡巡してしまう。

「あのー、すみません」

　急に声をかけられ、思わず体がびくりと震える。振り向くと、マスクをした男の人が立っていた。

「ごめんなさい驚かせて。ちょっと道をお尋ねしたくて」

　はあ、と間の抜けた返事をする。男は言うや否やこちらに顔を寄せてきて、俺は思わず仰け反る。

「あー、やっぱ水村だ」

「え？　なに？」

「ひどいなあ。先生の顔忘れちゃった？」

そう言うと男はマスクを外す。丸い鼻とすぼめたような唇が露わになる。磯矢だ。セクハラ教師の磯矢。学校を辞めた磯矢は、県外に出て行ったという話だったのに。太ったのか頬辺りがふっくらしており、口の周りには無精髭が生えていたが、少し離れた蛙のような小さな両目は以前と何ら変わっていなかった。

「久々に帰ってきたら、まさか水村に会えるなんてなあ。運命感じちゃうよねえ」

相変わらずのねっとりとした声でじりじりと距離を詰めてくる。俺も少しずつ後ずさる。とにかく刺激してはいけないと、逃げ出したい気持ちを堪え笑顔を作る。

「お久し振りです、先生」

「まだテニスやってるの？　ちゃんと教えたフォーム守ってる？」

急に両肩を摑まれる。コートと制服越しでも手のひらの形に熱が伝わって、ぞわりと総毛立つ。それでもどうにか歪な笑みで肩を揺すって抵抗してみせる。

「いや、もう今はテニスはやってないんです」

「よかったら先生が教えてあげようか。前みたいにさあ、こうやって」

離れようとしてもがっちりと肩を摑んだ手は離れない。蠕動する指ごとだんだんと手が下に動いていって、剝き出しの手を摑まれた。その触れた部分から腕までぶわっと鳥肌が立つのを感じる。思わずその手を撥ね除ける。じっとりとした粘性の視線を感じたが、目を合わさないように踵を返し駆け出す。駆け出そうとした。しかし二、三歩足を進めたところで、がくんと体が海老反りになる。磯矢がコートのフードを摑んで引っ張っていた。そのままずるずると道の脇にある植込みへと引き摺られていく。抵抗しようともがくが、力がうまく入らない。首もぎりぎりと絞まっている。それでもどうにか手足をばたつかせるも、磯矢はものともせず植込みの陰へと向かう。ローファーの底が地面に擦れてずりずりと音を立てる。

「やめろ、やめろってば。おい、ふざけんな」

声を荒らげたつもりなのに、喉が貼り付いたみたいになってうまく声が出せない。鞄が手から離れる。取っ手に引っ掛けていた卒業証書が、地面に落ちて高い音を夜道に響かせた。

人目につかない木陰まで行くと、フードを思い切り下に引っ張られた。そのままバランスを崩し土の上に倒れる。肘を強かに打ち付けてしまう。

倒れた体の上に磯矢が馬乗りになる。無表情に見下ろす両目が奥まで真っ黒でぞっとする。手足をばたつかせて磯矢の体を殴ったり蹴ったりしてみても、何の抵抗にもならない。

「やだ、やめろ。離せ！」

思わず喚き立てる。必死に抗いながらも、何故かどこか冷静な自分もいて、あぁ今の俺めっちゃみっともないなぁなんて思っている。男なのになあ、俺。それなのに俺は今女として、女という性を蹂躙されそうになっている。

いや、駄目だ。今更思い出す。この体は、俺のものではないのだ。

「やだ、やだやだ。離して。離して！」

更に激しく手足をめちゃくちゃに動かす。拳が磯矢の腹にめり込む感触がした。ぐう、と潰れたような呻き声が聞こえる。俺はここぞとばかりにもっと強く力を込める。

いきなり、破裂音に似た大きな音が響き渡った。同時に左頬がかあっと熱くなる。平手打ちされた。そう認識した途端、じわじわと頬が痛み出した。間髪容れず今度は右頬を手の甲で打ち据えられる。関節の突き出た骨が頬の肉越しに奥歯に当たり、口の中にじわりと苦味が広がる。どうやら口内を切ったようだ。両頬が焼けるように痛い。そして、その次に襲ってきた感情は恐怖だった。殺される。確かにそのとき俺はそう思った。

「部活中は静かにしろって言ったよね？」

洞穴のような瞳で俺を見下ろしながら、一語一語区切るようにゆっくりと言葉を口にする。一気に体から力が抜けていく。

「いい子だね。静かにしてようね」

何も抵抗できなくなった俺を見下ろしねっとりと笑う。荒い息で髪に鼻先を埋められ、コートのファスナーを開けられる。唾液でねとついた舌が耳の中を這い回り、制服の上から胸を強く揉みしだかれる。口の中に溢れてくる血と唾が混ざった液体を飲み込んだ。

怖かった。こうやって体をまさぐられることよりも、抵抗したら何をされるか分からない、という恐怖の方が強かった。それでも体を触られるたび皮膚がひりつくような拒否反応が襲ってくる。ただじっと耐えることしかできない。目をつぶって何も見ないようにして、必死で別のことを頭に思い浮かべ、いつ終わるか分からないそれをやり過ごすことしかできない。

磯矢の両腕が制服の下に突っ込まれる。そのまま服をまくられブラをずり下げられ、露わになった両胸をぎゅうっと摑まれる。ぞわりと何度目か分からない悪寒が走った。舌は耳や首筋や鎖骨辺りをなめくじのように這い回っている。太腿の辺りに覆い被さった磯矢の下半身が当たる。ズボン越しに硬く熱を持ったそれはかつての俺がよく知っていたものだった。

俺が知識として持っていることよりも、きっともっとずっと辛く酷いことをされるのだろう。ごめん、水村。まさかこんなことになるなんて。申し訳なさと惨めさで泣きそうになる。本当にごめん。ごめん。ごめん、水村。

「おまわりさん、こっちです！」

急に道の方から声が聞こえた。磯矢ががばっと半身を起こす。俺も目を開けて声のした方を向く。いつの間にか真っ暗になった道の先から光がちらちらと見える。

やばい、と小さく叫ぶと、磯矢は弾かれたように立ち上がり声とは反対側へ逃げて行く。俺は呆然とその後ろ姿を見送っていたが、近付いてくる光と足音に我に返る。慌ててブラを直し剝き出しになっていた胸を仕舞う。どうしてか、逃げなきゃ、と思った。軽いパニック状態になっていたのだと思う。けれど腰が抜けてしまったかのようにうまく力が入らない。

「大丈夫ですか」

自転車のライトの光と共に声が降ってくる。見上げてみると眩しくてシルエットしか見えない。その影がどうしていいか分からないようにおずおずと右手を出そうとしては引っ込めている。大丈夫、と地面に手をついて、どうにか立ち上がる。

「あの、無事ですか」

男の声だった。少し舌足らずの男の声。光に慣れてきた視界が黒い学ランを捉える。うちの学校の生徒のようだった。何故かそのことにほっとして、多少平静を取り戻す。

「大丈夫です。すみませんでした」

言いながら男の顔を見て、驚く。弟の禄だった。俺の頭の中にある姿よりも少し大人びていたが、間違いなく禄だった。声変わりをしたのだろう、俺の知っている声より随分低くて、気付かなかった。まだあどけなさの残る顔立ちに低く響く声がアンバランスだった。それでも、右眉の上のほくろは変わらずにある。

思わず、まじかよと口に出しそうになった。あまりにもまじまじと顔を見てしまっていたせいか、禄が顔を逸らしてしまう。

「背中とか髪に、泥、ついてますよ」

「え。あ、ああ、ありがとう」

言われて、手で後頭部と尻をはたく。取れたかな、と訊くと、無言で背中の辺りの泥をはらってくれる。

「これ、どうぞ」

鞄と卒業証書の入った自転車の籠を向けられる。ありがとう、と答えて籠から取ろうとするが、思わず躊躇してしまう。禄と会ったのは約二年半前、水村が磯矢を殴って謹慎になり、坂平家に行った時以来だ。あれから坂平家にはほとんど足を踏み入れていなかった。ここで会ったのも偶然なのに、俺がこの町を出てしまえば、次はいつ会えるか分からない。このまま別れてしまうのは嫌だった。

俺が躊躇しているのを別の理由だと思ったのか、禄が言いづらそうに声をかけてくる。

「あの、家まで送りましょうか」

「え？」

「いや、さすがに一人で帰るの怖いかなと」

言われて、緑の顔を見たことでどこかに追いやられていた恐怖心が戻ってくる。何も言えないまま硬直する俺を緑はちらりと見やると、家どっちの方ですか、と不愛想な声を出す。

「あ、ええと、バス停まで行ってくれれば大丈夫」

「そうですか。じゃあ、行きましょうか」

自転車の籠に俺の荷物を置いたままにして、俺たちは並んで歩く。仄明るい街灯があるだけの暗い道を自転車のライトが裂く。滅多に車も通らない道の端を、二人で黙って歩く。緑が手で押す自転車の車輪がからからと回る音だけがやけに響いていた。緑が忙しなげにハンドルをグーパーしながら握っているのが見える。

俺は横に立つ緑の顔を盗み見る。坊主だった髪の毛は伸びて、前髪が額を隠している。野球はもうやめたのだろうか。いつも部活の時は持っていたバットとグローブがない。肩にかけている部活用のバッグを見るに、何かしらの運動部には所属しているようだ。少し丸みのあった体はすっかり痩せて背も伸びている。田崎たちが大人になっていくのを見せつけられた時のような、置き去りにされたような気持ちは不思議となかった。幼かった弟が、きちんと日々を重ねていっているのだと分かって、何だか嬉しかった。

視線に気付いたのか、禄がこちらを振り向いた。慌てて視線を前に戻し、取り繕うように口を開く。

「さっきはありがとう、助けてくれて」

いやまあ、助けたっていうか、叫んだだけっていうか、と鼻の頭を頻りにこする。昔からの禄の癖だ。

「なんつーか、もうちょっとかっこよく助けられたらよかったんですけど。襲われてる、って分かって、助けなきゃってなったんですけど、正直ビビっちゃって。とりあえず叫んでみようって」

「でも、現にあいつ逃げてったわけだし。ありがとう」

「はあ。いや、全然です」

照れ臭いのか、わざとぶっきらぼうな口調を装っているように聞こえた。

「でも、いいんですか。警察とかに言わなくて。今更ですけど」

「いや、いい。大丈夫」

できれば誰にも知られたくなかった。特に水村には。いくら未遂とはいえ、自分の体にされたことを知ればショックを受けるだろう。

「このこと、お兄さんに内緒にしといてもらえるかな」

「え、うちの兄ちゃん知ってるんすか」

「同級生だからね。てか、私前に君んちで、君に一度会ったことあるんだけど」

「え、マジすか」

俺の横顔をじっと見つめてくる。目を合わせるのもなんとなく気まずくて、俺は視線を外したままで歩く。

「すんません、俺、女の顔と名前覚えるの苦手で」

「まあしゃあないって、結構前の話だし。水村っていいます、よろしくね」

「はあ。よろしくお願いします」

「てかお母さんから聞いてない？　ほら、お兄さんが教師殴って自宅謹慎になっちゃったやつ」

目を見開いて、あぁあのときの、と声を上げる。やっぱり緑の耳にまで入っているんだな、と思う。水村まなみを見る母の射るような視線を思い出す。名乗るべきなのだろうかと逡巡したけれど、結局素性を明かしてしまった。緑に、水村まなみという存在を知って欲しかったのかもしれない。

「水村さんには申し訳ないすけど、正直兄ちゃん馬鹿なことしたなあって思いましたよ、俺」

その言葉に水村まなみに対する反感はないように思えて、安堵する。

「まあでも私からしたら、助けてもらった立場だし。っていうか私、兄弟揃って助けてもらったんだね」

そう言って笑ってみせる俺をちらりと見やり、唇を尖らせる。小さく溜息をつく音が聞こえた。

「でもあの頃らへんから、兄ちゃんちょっと変なんすよ」

「変って？」

「水村さんを助けたときのことだけじゃなくて、なんていうか、人が変わったみたいっていうか」

胸の奥に氷を押しつけられたような、ひやりとした感覚が襲った。そうなんだ、とかろうじて相槌を打つ。

「母さんたちに言ってみても、そんなことないでしょって笑われちゃって。多少性格が変わるくらい思春期にはよくあるでしょ、みたいな。でもそういうんじゃないんすよ。具体的に何が変わったとかうまく言えないんすけど、まったく別の人みたいになっちゃってるんすよ。あの時の、兄ちゃんが一年生の時の夏くらいから、俺は兄ちゃんを兄ちゃんだと思えなくなっちゃって。それまですげー仲良かったのに、今じゃもうあんまり遊ばなくなっちゃったっていうか」

どこかばつが悪そうに、鼻の頭をこすりながら禄が続ける。

「うちんちの近くに、ボロい公園があるんすけど、そこでしょっちゅうキャッチボールとかしてたんすよ。で、それしながら、学校であった嫌な事とか母親の悪口とか言い合ったりして。俺は結構楽しかったんすけど、それこそ夏頃から兄ちゃんがするの嫌がり出して。今ならまあ、そういうことやるような歳じゃなくなったんだなあって思えるんすけど。あのときはすっごい寂しかったなあ」

さっきまでの寡黙さが嘘のように饒舌に話す禄の言葉を聞きながら、早鐘を打つ心臓をどうにか抑えようと俺は静かに息を深く吸った。

気付いていたのだ。誰も気付かなかった、水村の演じる坂平陸という男の違和感に、弟の禄だけが気付いていた。明確にではないけれど、微(かす)かな異変としてきちんと気付いていた。

嬉しかった。水村には申し訳ないけれど、なんだかすごく嬉しかった。以前の俺をちゃんと覚えていてくれて、今の俺を本当の俺じゃないと言ってくれる人がいる。しかも、それが自分の弟だった。何故か目頭が熱くなる。自分のことを知ってくれている人がいるということが、こんなにも嬉しいことだなんて、思ってもいなかった。

「なんかすんません、変な話しちゃって。ちょうどバス来たみたいっすよ」

いつの間にか、バス停に着こうとしていた。振り向くと、車道の向こうの方からぼんやりとそれらしきライトが近付いてくるのが見えた。

「それじゃあ、俺はここで」

籠にあった鞄と卒業証書を渡してくる。俺がそれを受け取ると、自転車に跨ってペダルに足をかけた。

「あ、ちょ、ちょっと待って」

思わず引き留めてしまう。緑が怪訝そうな顔でこちらを振り向いた。

緑になら、話せるかもしれない。ふとそう思った。水村と何度も話し合ったことがある。誰かに相談しよう。現状を誰かに伝えよう。その度にその提案は却下されている。誰が一体、こんな荒唐無稽な話を信じるというのだ。

でも緑なら。今の兄に違和感を抱いている緑になら？　疑われるかもしれない。でも俺しか知らない緑のこと、俺しか知らない家族のことを伝えたら。もしかしたら信じてくれるかもしれない。俺を兄として、受け入れてくれるかもしれない。

大きな光が緑の姿を煌々と照らす。バスが近付いてきた。

次にいつ会えるか分からない。兄としてはおろか、水村まなみとして会うことすらもうないかもしれない。自分が自分でいられないことがこんなに孤独だなんて、思わなかった。誰にも本当の自分を知られず、ひとりでいるのはもう、嫌だった。

バスが停車した。未だに怪訝そうな顔の緑に、引きつった頬で微笑みかける。

「今日はありがとう。本当に助かった」

それだけ言うと、緑の返事を聞かないまま乗り込む。座席に座って窓の外を覗(のぞ)き見る。緑が自転車で走り去っていく後ろ姿が見えた。深く腰掛け直し、体を沈めて長く息を吐く。手に持った卒業証書を更に強く握り締めて、俺はもう一度長く息を吐いた。


チャイムを鳴らす。はい、とよそ行きの声が聞こえてくる。あの、水村ですけど陸君いますか。返事がなくなる。機械越しにも、一気に空気が冷えたのが伝わってくる。

「今、陸は出かけてていません」

さっきよりもずっと低いトーン。強い拒絶感にめげそうになるも、溜まった唾を嚥(えん)下(げ)しかさかさに乾いた唇を開く。

「おうちで待たせてもらってもいいですか」

またしても沈黙。断られるかもしれない、と身構えていると、がちゃりとドアが開いて母が顔を出した。不機嫌さを隠さない声で「どうぞ」と招き入れられる。安堵したような、更に緊張が増してしまったような、妙な感覚で「お邪魔します」と家に入る。

水村が不在なことは分かっていた。俺は、この二人に会いに来たのだ。そして水村は今、かつての自分の家へ行っている。東京へ行けば、本当の両親に会う機会はかなり減ってしまう。その前に、最後に会っておこう。俺達はそう決め、それぞれの家へと向かった。

相変わらずごちゃついた玄関を過ぎ、台所へ向かう。居間ではソファに座った父がテレビを見ていて、俺の気配に気付いて顔を上げる。えんどう豆みたいな丸くて小さな両目がしぱしぱと二度瞬き(まばた)し、「どうも」と小さく会釈をした。

かつての我が家をそっと見回す。ダイニングテーブルには雑誌や封筒が常に積まれていて、食事の時はそれを端に寄せて皿を並べていた。収納棚の上や隙間にも所狭しと物が詰め込まれており、もはや誰もどこに何があるかきちんと把握しきれていないだろう。

母は昔から家事が苦手だった。物を片付けられないせいで家は常に雑然としており、洗濯物が窓際に一日中積まれていることもしばしばだった。ゴミ出しと洗い物だけはきちんとしていたので清潔ではあったが、それでも今改めて見てみると散らかっている家という印象は拭い切れない。

「勝手に部屋に入れられないから、ここで待っててください」

慇懃(いんぎん)無礼にそれだけ告げると、おざなりに麦茶の注がれたコップをダイニングテーブルに置く。入れ替わる前から家族に対しても殺伐とした雰囲気を放つ人だったが、今の俺に対する態度にはそれとは全然違う刺々(とげとげ)しさがあった。悪意すら感じる。

ありがとうございます、と消え入るような声で礼を言い、席に座る。母はもうそこには誰もいないかのようにくるりと背を向け、料理の続きをし始めた。夕飯の支度にはまだ早いが、下拵えしているのだろう。父も我関せずといった様子でテレビをつまらなそうに見ている。明らかに歓迎されていない空気にさすがに萎縮する。緑は今日もいないようだ。襖が開けっ放しの俺と緑の部屋に、まだ新しそうなサッカーボールが転がっているのが見えた。俺のではない。ということは、緑のだ。どうやらサッカーを始めたらしい。

黙々と料理をする母の背中を眺めながら、麦茶を口に運ぶ。我が家では夏でも冬でも麦茶だ。お湯出しのパックが浸ったままの麦茶が、常にボトルに入って冷蔵庫に鎮座している。水村家ではほとんど毎日紅茶が出てくるものだからびっくりした。しかもティーバッグなどではなく毎度きちんと茶葉から淹れているのだ。

手持ち無沙汰な気まずさを、麦茶をちびちびと飲んで誤魔化す。軽快に野菜を刻む音が聞こえてくる。家事はからっきしな母でも、料理だけは手際が良く美味しかった。そういえば俺が小学校に上がるか上がらないかの頃、よく母とお菓子作りをしていた。いつの間にかさっぱり作らなくなってしまったけれど、クッキーやアップルパイを作ってくれていたのだ。といっても俺は生地を混ぜたりオーブンのスイッチを入れたりするだけだったが、あのときの母はよく笑っていて、俺もすごく楽しかった記憶がある。

急に音が聞こえなくなる。母が包丁を置いて、トイレへ向かった。背を向けているはずなのに監視されているような息苦しさから解放され、ちょっとだけ緊張状態が緩和する。と思ったらソファに座っていた父が急に立ち上がり、こちらへ向かってくる。脱力していた肩に再び力が籠る。

「あの、水村さんだよね、あなた」

久し振りに聞く、父のゆっくりとした低い声だった。はいそうです、と答える。

「あのときは息子が申し訳なかったね。あなたに迷惑をかけてしまって」

唐突に言われ、一瞬何のことだか分からず戸惑う。すぐに水村が磯矢を殴った件だと気付いて、慌ててひらひらと手を振る。

「あ、いえそんな。あれは私が助けてもらったんですし、むしろありがとうございますって感じで」

「いやでもあなたもびっくりしたでしょう。他人様を殴るような息子に育てた覚えはないんですけどねえ」

急に饒舌になった父の言葉にどう返していいか分からず、視線を下に向けながら曖昧に相槌を打つ。こんなに喋る人だったかな、この人。

「でも、あなたが愛想尽かしてなくて、私は本当に良かったですよ。こうやってまた遊びに来て下さるんですから。陸も、喜んでます、きっと」

その言葉に思わず顔を上げる。にこにこと柔和な笑みを浮かべている。

ふとまた昔のことを思い出す。母親に叱られ自分の部屋で泣いていると、父は必ずやってきた。どうして怒られたか分かるか、とゆっくりと尋ねられ、俺がそれに答えるとよくできましたと笑って頭を撫でてくれた。良かったな、これでまた一つ賢くなったぞ、と慰めてくれた。

父は俺と禄の頭を撫でるのが好きだった。いつも日付が変わるか変わらないかの頃、父は帰って来る。その時間には俺と禄は自室に入っていて、寝ているときもあれば、電気を消し布団をかぶって卓上ライトの下で漫画を読んだりゲームをしたりしているときもある。

鍵がガちゃりと回る音で、父が帰ってきたのが分かる。俺達はライトを消して、持っていた漫画やゲームを布団の下に隠して、毛布をかぶり目をつぶる。やばいやばい、だなんて言って小さく笑いながら。

おかえりなさい、という母の声が聞こえてしばらくして、父が子供部屋の襖を開ける気配がする。その隙間から光が差し込んで、真っ暗だった瞼の奥が少し赤く光る。ふわりと機械油の匂いがする。仕事帰りの父の匂いだ。決していい匂いではないけれど、嫌いではなかった。そして父は、寝ている俺達の頭を順番に撫でる。

本当に眠っていたときもあったけれど、寝たふりをしているときはにやつきそうになる口元に力を入れるので必死だった。けれどまあ、父はたぶん俺達の狸寝入りには気付いていたのだろう。それでも気付かないふりで、俺達の頭を撫でてくれた。冷たく、そして大きな手だった。

今向けられている笑顔は、水村まなみという少女へのものだ。それなのに何故だかまた、撫でられている気分になっていた。

トイレから水を流す音が聞こえてくる。父は慌てた様子で声をひそめる。

「本当に今日はありがとう。これからも陸をよろしくお願いしますね」

それだけ言うと、忙しなくソファへと戻っていく。

俺はコップに残っている麦茶を飲み干すと、立ち上がってトイレから戻ってきた母の目の前に向かう。

「すみません、今日はもう帰ります」

「あら、そうなの」

淡泊にそれだけ返事をすると、そのまま踵を返して玄関へ向かう。俺もそれに続く。母が父の革靴を左足で踏んで、ドアを開けた。早く出ろと促されているようで、急いで靴を履き玄関に出る。

相変わらず不機嫌そうな母の顔を思わず見つめる。このまま東京へ行ったら、もう会うことはないだろう。この狭い町だ、偶然顔を合わせることはあっても、こうやって言葉を交わすことはきっとない。俺と水村が元に戻らない限りは。

　喉の奥から熱い何かが溢れ出しそうになって、慌てて唾を飲む。何か言おうとしても何も言えない。もうこの人を母だと思ってはいけない。父もそうだし、禄だってそうだ。もう自分とは何ら関係のない、他人の家族。俺がかけられる言葉なんて何一つなかった。

　玄関で立ち尽くす俺を怪訝そうに見る母の、真っ暗な瞳から目を逸らすように頭を下げる。

「お邪魔しました」

　それだけ言って家を出る。閉まったドアの向こうで、がちゃん、と鍵をかける拒絶に似た音が聞こえる。

　団地の階段を下りて、停めてあった自転車に跨る。ペダルに力をかけて、見知った道を進んでいく。よくキャッチボールをしていた公園。今にも崩れそうなボロ屋敷。優しい先生のいるクリニック。もうここに来ることも、思い出話をすることもできない。ハンドルを握る手に力を籠める。向かい風が髪の中を吹き抜けて耳が冷たい。泣いてはいけない、と自分に言い聞かせた。だって水村だってきっと泣いていない。あいつの顔で、涙を流すなんてできない。それが水村にとって一番つらいことだと俺はよく分かっているからだ。俺が、自分の顔で苦しむ水村を見たくないのと同じように。

異邦人に着く。いつも通り客はまばらで、いつも通り窓際の奥の席に座る。いつも通りおばちゃんが水を持ってきて、俺はいつもは頼まないメロンソーダを注文してみる。

この店も、二年半以上の間足繁く訪れ、もはやすっかり常連だ。それでも変わらずおばちゃんの接客は適度に雑で、変に世間話に花を咲かそうとしてこないところがいい。

メロンソーダのアイスクリームがなくなりかけた頃、水村がやってくる。上気して赤らんだ頬で少し困ったように笑って、胸の前で小さく手を振る。俺も小さく振り返す。

「自転車で走ってきたらめっちゃ暑くなっちゃった」

そう言って笑いながらマフラーを外しコートを脱いでいく。おばちゃんが水を持ってきて、水村がコーラを頼む。

「この寒い日に汗かいてる奴初めて見たわ」

「汗っかきなんだもんこの体。どうにかしてよー」

「そんなこと言われましてもねえ。逆に俺は手足の指先凍ったみたいになってるわ」

「あー私、末端冷え性だから。あれ、今日は珍しいもの頼んでるじゃん」

「まあね。たまには違うものも飲んでみようかなって」

ぱたぱたと手をうちわのようにして扇ぎながら、置いてある水を飲み干す。ふうと息をついて、どこか言い出しづらそうに口を開く。

「どうだった？」

「うん。まあ、もう大丈夫。水村は？」

「私も、だいじょうぶ。ありがとう」

「そっか。良かった」

二人同時に短い溜息をついて、思わず笑い合う。コーラが運ばれてきて、水村がストローを袋から出す。

「またいつでも遊びに来てって、言ってくれたよ」

水村はテーブルに視線を落として、ストローの袋を蛇腹に折り畳み手遊びをしている。その骨張った指をぼんやりと眺める。

「良かったじゃん。いつでも遊びに来いよ。ってまあ、俺の家じゃないけど」

「うん、ありがとう。お邪魔させてもらうね」

その声にいつものような明るさはなく、ずっと目を伏せたままこちらを見ようとしない。「なんか今日暗くね？」とわざと茶化してみる。

「いや、なんていうか。こんなことわざわざ言うのもあれなんだけど、坂平くんに、申し訳ないなって」

「は？　何がよ」

「だって、家行ったとき、いづらくなかった？　坂平くんのお母さん、はっきり口には出さないけど、坂平くんのこと、あの騒ぎ以来たぶんあんまりよく思ってないから」

　あの騒ぎとはもちろん、水村が磯矢を殴った件のことだ。ただ正直なところ、それがなかったとしても母の冷遇は変わらなかったように思う。家族に会いたくて坂平家に初めて行った時から、母の態度は頑なを通り越した静かな拒絶といってもよかった。今までも友人を連れてくることにそれほどいい顔をしなかったが、それでもあそこまで敵愾心を抱いていたのは、水村まなみが女だったせいもあるのかもしれない。それが顕著になったきっかけが、あの騒ぎだったというだけだ。

「別に謝ることじゃないよ。そんなこと言ったら、俺だって水村にごめんだわ」

「そうなの？　なんで？」

「月乃君とだって別れちゃったし、笹垣たちとの仲も駄目になっちゃったし。なんていうか、まじでごめん。なんかやっぱり俺、うまくできなかった」

「そんなこと気にしなくていいよ。人間関係なんてどうなるかわからないし、私のままだったとしてもおんなじ結果になったかもしれないもん」

水村がようやく顔を上げる。さっきまで額や鼻の下にかいていた汗はようやく収まったようだ。ありがと、と礼を言う。

「あ、でも俺、お前が俺の童貞捨てたことまだ許してねえからな」

「いやーあれはしかたないって。据え膳食わぬはなんとやらって言うじゃない？」

「スエゼンだかなんだか知らないけど、入れ替わった途端もて始めやがって。ったくよー」

「やっぱね、女子のツボは女子がいちばんわかってるってことなんですよ」

軽口を叩き合いながらも、こうやって気軽に会って話したり、喫茶店で向かい合わせで座ったり、もうしなくなるんだろうなと思う。

会わない方がいいのだろう、と俺は密かに考えていた。きっと水村もそれに気付いているだろう。俺が、新しく水村まなみとして生き直す、と告げたときから。互いに日記もきちんとつけているし、坂平家でもようやく携帯電話が導入された。こうやって顔を突き合わせなくても情報交換ができる。会う必要なんてもうないのだ。俺の母にも父にも緑にも、田崎にも水村にも。会えばきっと、俺はまた駄目になってしまう。だから水村に今日、最後に互いの家族に会いに行くことを提案したのだ。

「そういえば、あれ持ってきてくれた？」

水村が指先でストローをくるくるといじりながら訊いてくる。

「ああ、持ってきたけど。何に使うんだよ、これ」

そう言ってコートのポケットをまさぐり、箱に入ったままの万年筆を取り出す。卒業記念品として学校から貰（もら）ったもので、表面には生徒それぞれのイニシャルが彫られている。俺が受け取ったものには、Mが二つ横に並んでいるのが透明のフィルム越しに見える。

「じゃあはい、それちょうだい」

水村が左手をパーにしてこちらに差し出してくる。そこまで惜しむ物とも思えなかったが、いざねだられると素直に渡したくなくなって、慌てて手の中にそれを隠す。

「は？　なんでだよ、やだよ」

「いいじゃん。かわりに私のあげるからさー」

「へ？　どういうこと？」

困惑する俺をよそに、水村は俺と同じくコートのポケットから箱に入ったままの万年筆を取り出す。こちらにはRとSの文字が並んでいる。

「これ、坂平くんにあげる。ほんとうはこれ、坂平くんのものだから」

テーブルに置かれた万年筆と、水村の顔を交互に見比べる。意図するところが分からない。

「この万年筆を坂平くんが持ってて、今坂平くんが持ってる万年筆を、私が持ってるの。どうかな？」

「自分の物は自分が持っているようにしよう、ってこと？」

「うん。それもあるし、あと、正しい持ち主の手に渡るよう、願掛けみたいな意味もあるかな。もし元に戻れたら、今度はそれぞれ相手の万年筆持ってるってことになるでしょ。だから、そのときはまたこれを交換しよう。そういう約束しとけば、なんだかいつかはちゃんと戻れる、って気がしない？」

なるほどね。呟いて、手の中の万年筆をテーブルに置く。違うイニシャルが二つ並ぶ。

「いいんじゃない。交換しようぜ」

「やった。ありがとう」

俺がＲＳの万年筆を、水村がＭＭの万年筆をテーブルから取る。自分のものではない物に囲まれている日常の中で、これは本当に自分に向けて作られた物なんだと思うと、なんだか不思議な気分だった。

「水村に返すときまで、これなくさないようにちゃんとしまって取っとくわ」

「私もきちんとしまっとく。でも、坂平くんのなんだからどんどん使っていいんだよ」

「まあな。でもせっかくだから、なんか特別なときとかに使いたいよな」

「坂平くんって、意外とロマンチストだよね」

「なんだよそれ。馬鹿にしてんだろ」

「してないよー。でもなんかかわいいよね、いちいち」

「やっぱ馬鹿にしてんな、てめえ」

もう全部断ち切ろうと、決心したばかりだったのに。唇を噛んで考え抜いて捻り出した決意が、こうやって少し特別なことをされただけでぐらぐらと揺らいでしまう。癪だから言わなかったけれど、嬉しかった。大事にしようと思った。たったこの万年筆一本だけで、俺のかさついて乾いた高校生活も、そんなに悪くはなかったんじゃないかと思えた。

何よりも、水村が元に戻ることを諦めていないということが分かったのが嬉しかった。万策尽きた俺たちは、でもだからといって希望を抱くのをやめたりはしない。俺はこれからも、水村まなみとして水村まなみを守り続ける。

「東京行っても、お互いがんばろうね」

そう言うと、水村は右手を挙げる。気恥ずかしそうににやにやと笑っている。

「なんだよ、男子っぽいことするじゃん」

それに向かって、俺はハイタッチする。静かに叩いた乾いた音が、少しだけ店の中で響いた。

そして、入れ替わって初めて、水村のいない日々が始まろうとしていた。

30

十五年経てば街並みだけではなく人も変わっていく。俺は結婚をし子供もできて、水村は最近課長代理に昇進したらしい。一年ごとの再会くらいじゃ大した変化はないけれど、それでもそれなりに報告し合うことがあったりする。娘が喋るようになった。付き合っていた恋人と別れた。俺達だけじゃなく、周りだって少しずつ変化していっている。

「そういや田崎はまだ独身なの？」

「なんか街コンとか最近積極的に参加してるけど、成果は全然みたいだねー。ってかまた太ったもん、田崎くん」

「えぇまじかよ。あれ以上？」

「うん、もうお腹とかやばいよ。昔はあんなに痩せてたのにねー」

「そりゃ恋人できねぇはずだわ。ダイエットすりゃいいのに」

「ほらやっぱ坂平くんが結婚してあげればよかったんだよー」

「いやいや勘弁してくれ。酒屋の嫁はさすがに俺には荷が重いわあ」

「えー、じゃあ月乃くん？」

「また懐かしい名前出してきたなおい。てか月乃君再婚したってほんと？」

「らしいよ。なんか十くらい年下の子らしい」

「まじか。やるな月乃君」

「やっぱさー、こっち残ってる人って結婚のハードル低いよね。田崎くんはまああれだけど、月乃くんなんて二回目だし、たかみーもさくちゃんもみんな早々に結婚して子供何人もいたりするし」

「確かに。逆に俺たちの周りで東京出て行ったやつで、結婚してるのって俺くらいかもな。飯田もまだ独身。禄くんも、あの感じだとしばらく結婚しないだろうしね」

「うん、まだ独身。禄くんもまだ独身だろ？」

「母さんは何も言わないわけ？　早く孫の顔見せなさい、とかさ」

「少なくとも私は言われたことないなあ。私がないんだから禄くんもないんじゃない？」

「へーなんか意外だわ。あの人そういうとこ口喧（くちやかま）しそうなのに」

「最近はもうあんまりうるさいこと言わなくなったかな。もしかしたら、お父さんが亡くなってからかもしれないな」

　水村が居心地悪そうに助手席のシートに座り直し、くるりと巻いた髪の毛先を指でいじっているのが横目で見えた。なかなか言い出せないことがある時にする、水村の癖だ。

「なんだよ、言いたいことあるなら言えって」

「いや、うん。たぶんこれ言ったら坂平くん、いやがると思うんだけどさ」

「だから、何？」

「あのさ。いまもう一度、お母さんに会ってみてもいいと思うよ、私」

　水村の言うお母さんは、もちろん俺の母のことだ。思わず口をつぐむ。母の姿が脳裏に浮かぶ。いつもピリピリしていて厳しい人だったけれど、優しかったときだってあった。丁寧に淹れられた紅茶よりも、水っぽい薄い麦茶の方が俺は好きだった。有名な洋菓子店の洒落たケーキよりも、一緒に作った不格好なアップルパイの方が好きだったのだ。そんな母から敵意に満ちた態度で接してこられるのはどうしてもつらいものがあった。

　俺の無言をあまり良くない意味で受け取ったのだろう。ごめんね、と小さく謝って、そしてまた言い訳のように言葉を続ける。

「でもお母さん、ほんとうにすごく丸くなったんだよ。私思うんだけどね、たぶんずっと気を張ってたんだと思う。家庭を守って、家計を支えるためにパートに出て、男の子二人を育て上げて。ずーっと緊張してたんじゃないかな。ちゃんと母親しなきゃいけない、って。でもお父さんが死んで、ぷつんと糸が切れたみたいになったんだと思う。いまはね、ときどきさみしそうな顔もするけど、でもすごくおおらかな性格になったよ。たぶんいまなら、会ってもだいじょうぶだと思うんだ」

フロントガラスをじっと見つめながら、ゆっくりと説き伏せるように水村が話す。

確かに水村の言う通り、今思うと母は、ずっと家族には吐き出せない何かを抱えていたのかもしれない。かつて優しく穏やかだった母は、俺たちが成長するにつれ刺々しさを剝き出しにしていった。それはきっと、家庭の環境の変化や、勝手に育っていく息子たちに対する接し方や、そういったものに悩んでいたからだったのだろう。あの頑なさは、母なりの自衛だったのだ。

けれど。俺は少し笑って小さく首を横に振った。

「いいよ。俺は、会わなくても平気。ありがとな」

俺の答えに、そっかと小さく頷くと、水村はそのまま黙って目を窓の外に向けた。

水村は未だに後ろめたさを抱いている。自分が今でも水村家と交流がある分、余計そう思うのだろう。

確かに、母と何の屈託もなく話すことがまたできたら、と思うこともある。父のことを思うと、余計にだ。このままずっと何の接触もないまま、父と同じく母が死んでしまったらと思うと、心臓の奥の方がぎゅっと握り潰されるような感覚を覚える。

それでもやはり会うことはできない。きっと俺は期待してしまうだろう。母が俺に笑顔を向けてくれることを。そしてまた打ちのめされるだけだ。期待しなければ裏切られない。望んでも願っても何一つ返ってこないのなら、最初から期待などしなければいい。そう何度も自分に言い聞かせていても、でもいつも期待してしまう。

それにもし水村まなみとして受け入れてもらえたとしても、心の底から喜ぶことはできないだろう。俺が欲しているのは息子としての愛情なのだ。昔のように頭を撫でてもらって、叱ってもらって、一緒にお菓子を作って。それが俺の望みだ。それが手に入らないのならば、いっそ何もない方がましだ。

ってか、俺って超マザコンじゃん。ふと気付いて思わず自嘲気味に笑う。水村が怪訝そうにこちらをちらりと一瞥した。

水村家に着く頃には、もうだいぶ陽が沈んでいた。それでも寒い頃に比べるとまだ陽が落ちるまでは長くて、なんとなく焦燥感を抱かずに済むような気がしてほっとする。冬の夕暮れは素早いから嫌いだ。

「そういえば、夕方のチャイム、いつの間にか鳴らなくなったよね」

真昼よりは青さの薄れた空気の下で、水村がぽつりと言った。

「夕方のチャイム？」

「ほら、五時ぐらいになるとなんか音鳴ってたじゃん。子供はおうちに帰りましょう、とかアナウンスしててさ。いつからなくなったんだろ、あれ」

そういえば、と言われて思い出す。確かに小さい頃はあのチャイムに急き立てられるようにして帰宅していたような記憶がある。いつの間にかそれは俺の中で気にすべきものではなくなっていて、そして鳴らなくなったことにも気付かなかった。

「なにこれ、こんなのいたっけ」

車庫を出て、ドアの前まで向かう。脇に立つ犬の置物の頭を水村がぺちぺちと叩く。

「あ、やっぱ去年いなかったよなそれ」

言いながら鍵を開けて、家に入る。玄関先から「ただいまー」と声を張り上げると、ぱたぱたとスリッパを床に叩きつける音を立てながら母親が小走りでやってきた。水村の顔を見た途端、ぱあっと顔が明るくなる。

「あらー陸くん！　いらっしゃい！」

「おばさん！　おひさしぶりですー。すみません、今年もまたお呼ばれしちゃって」

「ぜんぜんいいのよ、気にしないで。ごめんなさいね、じつはまだちょっとご飯できてないのよ」

「あ、じゃあおれ手伝いますよ」

「あらほんと！　助かるわあ。あそこの人はなーんにもできないから」

今まで俺がいないかのようにやり取りしていたくせに、急に皮肉たっぷりに話を振られる。はいはい、と適当にあしらい、靴を脱いで家に上がる。

「お、陸君。今年も来たか」

リビングでは父親がソファに座り新聞を読んでいた。足元にはペロが丸くなって眠っている。水村の姿を見るや否や、掛けていた眼鏡と新聞を膝の上に置いて、好々爺の如く破顔した。孫娘を見る時と同じ顔をしている。

「おじさん、今年もおじゃまします」

「ゆっくりしてってくれよ。そうだ、後でまた将棋付き合ってくれないかな」

「お、ぜひぜひ。ちょっとは上達したんですかー？」

「もちろん。今日は俺が勝つだろうね、何せ最近はずっと将棋会で鍛えられてるからね」

「お茶飲んでお菓子食べてくっちゃべってるだけだってお母さん言ってたけど」

俺が後ろから茶々を入れると、父が瞬時にいつもの仏頂面に戻る。

「なんだまなみ、いたのか」

「いたのか、ってそりゃいるでしょ。坂平君、先に手とか洗ってきちゃいな」

了解、と返事をして水村が洗面台へ向かう。父親と二人きりの空間が気まずくて、ペロ、と名前を呼んでみる。ペロは無反応のまま目を閉じて体を父の足に預けている。

「まなみ、最近は元気でやってるのか」

いつの間にかまた眼鏡を掛けて新聞を広げていた父親が、視線を落としたまま尋ねてくる。すっかり白髪が増えて薄くなった頭頂部を見つめる。

「まあね、それなりかな」

「そうか」

それだけ言うと、没頭するようなふりで新聞のページをめくった。

いつの間にか体が小さくなった。帰省の度にそう思う。実家にいた頃父親は畏怖の対象で、まともに会話した記憶がなかった。ただでさえ他人の父親という存在は恐ろしいものなのだ。無口で常に険しい顔をしていて、眉間にいつも皺を寄せていた。口うるさく叱ったりすることはなかったけれど、何故かとにかく怖くて、母親の言う「お父さんに言いつけるからね」は俺にとって絶大な効果のある言葉だった。

そういう父親像は水村にとっても同じだったようで、今の方が楽しく喋れている、と笑っていた。意外なことに、彼は外面だけは良いようで、外では社交家として通っていた。

けれど、威圧感も今ではすっかり薄れてしまった。声には張りがなくなり、眼鏡を上にずらして目を細めながら文字を読む姿はいかにも老人然としていて、さすがに少し切なくなる。母親も同世代と比べたら若く見えるし溌剌としてはいるが、首周りや手の甲には深く皺が刻まれている。髪も薄くなったらしく、かつらを買おうかと迷ったりもしている。

　自分の本当の親でなくても、そういった姿を見ると感傷的な気分になってしまう。そうやって周りの人は変わっていく。普段は何とも思わないくせに、突然突きつけられるその変化にたじろぐ。

　ペロが不意に目を覚まして、のっそりとこちらへ歩いてきた。そして俺の足元に寝そべり、また目を閉じる。柔らかさが大分失われてしまった体毛を撫でる。あんたも手洗いとかさっさとしちゃいなさいよ、と母親の声がキッチンから聞こえてきた。十五年間変わらない小言もある。そう思ったら、何だか少し愉快な気分になった。

21

　水村まなみは綺麗になった。まるでナルシストのように聞こえるかもしれないが、元々は俺の体ではないわけで、そういった意味では自慢にはならないだろう。でも誇らしい気分になることは間違いない。何せ俺はめちゃくちゃ努力したのだ。高校時代より十キロは体重を落としたし、どういうファッションをすればいいのかどういうメイクが自分に合うのか、雑誌やモデルのブログを読み漁り勉強した。そのお陰か、昔の芋臭さが嘘のように垢抜けた。自分が地方から出てきた田舎者だというコンプレックスも心の奥にあったと思う。上京したての頃はとにかく周りが全員芸能人のように綺麗で格好良くお洒落に見えて、地元との格差にくらくらした。今ではもちろんそんなことはないと分かっている。

ただ、女になって強く感じたこともある。世の中の女の人たちは、可愛いや綺麗を世界から強いられて、そしてあらゆる努力をしている。シャンプーやリンスに気を遣い、髪を丁寧にブローして、お風呂では無駄毛の処理、風呂上がりには化粧水やパックに時間と金を費やす。毎日そんなことの繰り返し。嫌にならないのかなと思う。

それでも俺も女であろうと決めたのだ。一番のきっかけは、磯矢に襲われたことだ。自分が女であることをきちんと自覚し、女として自分を守る。そのためには、俺は男でいてはいけないのだ。必死の努力のお陰か、俺は今のところ女としてうまく生きていけていると思う。

そんなこんなで見事大学デビューを果たした俺は、高校時代とはうって変わって充実した日々を送っていた。サークルは映画研究会に入った。高校の時、暇さえあればレンタルショップへ自転車を走らせて映画を借りていた。間違いなく月乃君の影響だった。今傍にいなくても、強く交わった人との経験は何らかの形で血肉になるのだな、と思った。サークルには変わり者が多かったが、共通の話題で盛り上がれるのは楽しかった。俺のような付け焼刃の知識でも馬鹿にするようなことはなく、様々な蘊蓄を嬉しそうに語ってくれる人たちばかりで、やはりそのときも月乃君を思い出した。

バイト先には家の近くのファミレスを選んだ。地元のファミレスとは比べ物にならないくらい客が多くて、最初は辟易したが今ではもう大分慣れた。

充実していて、忙しい日々だった。学校、サークル、バイト。友人達と飲みに行ったり旅行に行ったり。楽しくて楽しくて、昔のことを思い出す余裕すらなかった。

というのは、嘘だ。思い出さないようにしていた。それでも時折昔を思い出して感傷的な気分になったりした。ひとりで住む部屋は空洞のようだった。はじめは家具も生活用品もほとんどなく、寒々しい中身が自分と同じだった。それでも少しずつ部屋の床が見えなくなっていくにつれ、ひとりでいることに慣れていった。郷愁に浸りたくなる頻度も徐々に減っていった。

地元には年に一度、正月にちらりと顔を出す程度で、ほとんど帰らなかった。成人式にも出席しなかった。水村にも田崎にも、地元でまた会おうと言って別れて以来一度も会っていない。水村とは時々メールのやり取りをするけれど、どちらも会おうとは言い出さなかった。それでいいと思った。誰にも会わないまま、思い出を過去にして忘れていくのが一番だと思った。

だから同窓会の知らせの葉書が実家から転送されてきたときも、欠席に丸を付けて返送するつもりだった。母親は折角だから出ればいいのに、成人式も出なかったんだから、とぶつぶつ言っていたが、適当にあしらった。

けれど、水村からメールが来たのだ。坂平くん、同窓会行かないの？

バイトの帰り道にそのメールを確認して、一言だけ返す。行かないよ。

すると、即座に電話がかかってきた。画面に映し出される『坂平陸』の文字に思わずどきりとする。このまま無視してしまおうか、という考えがふとよぎる。けれどコール音は執拗に回数を重ねてきて、意を決して通話ボタンを押す。

「もしもし」

からからに渇いた口から、自分の声じゃないみたいな声が出た。

「あ、もしもし？　坂平くん？　ひさしぶり」

声を聞いた途端、喉のもっと下の辺りから、じんわりと熱い何かが広がっていくような感覚が生まれた。機械越しではあるけれど、かつて毎日のように聞いていた声が耳の奥へ流れ込んでくる。

「久し振り。元気そうじゃん」

努めて男らしさを隠そうとしていたはずの口調が、呆気なく元に戻った。

「うん、元気だよー。ってか坂平くん、なんで行かないの？　同窓会」

「なんでって、行く理由もないし、別に。話す奴いねえし」

「私がいるじゃん。田崎くんも会いたがってたよ」

田崎の名前を出されて、高校時代屋上のドアの前で馬鹿みたいに喋っていた記憶が鮮明に蘇る。毎日話していても話題は尽きなくて、明日会えるのに夕暮れが迫るのが憎らしくて、そしてただただ楽しかった。遠ざかっていた郷愁が一気に襲い掛かってくる。

「私も会いたいし。ね、行こうよ」

畳み掛けるように言われて、俺は頷かずにはいられなかった。俺だって会いたくないわけがなかった。でも会ってしまえば、東京で必死に築いてきた水村まなみという女の造形が崩れてしまいそうだった。結局のところ俺は、水村を理由にしたいだけなのかもしれない。だってこいつが会いたいって言うからさ、仕方ないじゃん。自分で自分に言い訳している。誰に決められたわけでもない、自分が決めたルールを破るために。

七月、大学が夏休みに入る頃、同窓会に参加すべく実家へ帰った。正月以外の初の帰省に母親は喜んだ。食卓には俺の好物が並べられ、布団も洗い立てのいい匂いがした。父親は相変わらずの仏頂面だったが、「もっと帰って来い」といつになく穏やかな声色で言っていた。

心が痛んだ。今まで帰省を拒んできたことに対してじゃない。これだけの歓待を受けても、ちっとも心を動かされないことに対してだ。この優しく娘思いの両親は、俺にとって帰りたくなる要因にはなりえないのだ。

同窓会の日、午後六時の集合の前に一度会おうと水村と約束した。会う場所はもちろん、異邦人だ。

物凄く緊張した。どんな顔をしてどんな話をすればいいのか、会う前から困惑していた。ドアのベルをカラカラと鳴らしながら異邦人に入ると、奥の方からいらっしゃいませとしわがれた声が聞こえてくる。店内を見回す。相変わらずあまり繁盛はしていないようだ。窓際の一番奥の席に、男が一人座っている。白シャツにチノパン、痩身ですらりと背が高く、暗めの茶色に染めた髪は、きっとパーマをかけたのだろう、ふんわりと波打っている。俯いて本を読んでいて、その表情は見て取れない。

思わず近寄るのを躊躇した。俺が知っている坂平陸ではない、と思った。それでもテーブルには飲みかけのコーラが置いてある。立ち竦んでいると、おばちゃんがメニューと水を手に「お好きな席へどうぞ」と促してくる。

その声に男が顔を上げた。俺と目が合って、一瞬困惑の表情を浮かべたが、すぐに破顔して小さく胸の前で手を振った。その仕草が、過去水村がよくしていた仕草にぴったりと重なる。ようやく安堵が胸に広がって、待ち合わせですとおばちゃんに言うと水村の向かいに座った。おばちゃんが水を置いて、俺はアイスコーヒーを頼む。

「何パーマなんてかけてんの、色気づいちゃって」

微かに残っている動揺を軽口で誤魔化す。水村がぎこちなく笑う。

「自分こそサマーニットなんて着ちゃって。おしゃれじゃん」

「まあね。俺今お洒落めっちゃ頑張ってるから」

それなりに着飾った男女がこうやって向かい合うと、当時とは違ってなんだかむず痒さを感じる。俺ってこんな男になるんだな、と不思議な感覚で向かいに座る男の顔を盗み見る。幼さは完全に抜けて、丸かった瞳は切れ長になっている。半袖から覗く筋肉質な腕や突き出た喉仏がやけに男を感じさせてむずむずした。長い指の関節の間に生えた毛もやたら目立って、そういえば父も毛深かったなと思い出す。

「なにじろじろ見てるんすか」

俺の視線に気付いた水村が、薄い唇を歪めてにやっと笑う。その芝居がかった仕草さえ様になっているように見える。

「いやあ、俺って案外イケメンだったんだなと思って」

「そりゃどうも。そういう私もこう見るとなかなか美人じゃん？」

「素材に伸びしろがないからね、なかなか苦労しましたよ」

「なにそれー失礼なやつだなー」

そう言って二人とも笑って、ふと嫌な感じの沈黙が落ちてくる。互いに、以前はどんな話をしていたのか思案していた。こんな風に話題を探さなくても良かったはずなのに、あのときの感覚がうまく思い出せない。

おばちゃんが持ってきたアイスコーヒーが机に置かれる音がしたのを合図にするように、水村が沈黙を破った。

「でも、元気そうでよかった」

柔らかく微笑むその表情を見て、前はそんな顔なんてしなかったのにと思う。きっと俺では決してすることのできない顔だ。坂平陸はどんどん俺の知らない人間になっていく。

「成人式にも出ないし、ぜんぜん会わないから、ちょっと心配してたんだよ」

「別に心配するようなことないだろ。メールだってやり取りしてたじゃん」

「それでも、やっぱ心配になるよ」

「大丈夫だよ。お前の体はきちんと守ってるから、安心しろって」

「いや、そういうこと言ってるんじゃなくて」

水村の口調に少し苛立ちが混じる。嗜虐的になって吐いた言葉なのに、いざ不快を露わにされるとたじろぐ。

「分かってるよ、ごめん。でも、やっぱりちょっと不安なんだよ」

「不安って、なにが？」

「なんだろうな、うまく言えないけどさ。こっち来ると、ちゃんとできなかったあの頃を思い出して、嫌になるんだよ」

そうだ。せっかく今はきちんと生きられているのに。大学に通いバイトもしていて、友人もいて、きちんと化粧もして着飾って。それなりに楽しくて充実していて。やっとまともな人間になれたのに。

「そんなこと気にしなくていいのに。坂平くん、すごく変わったし、それにこっちの人たちだってずっと変わらないままじゃないんだよ」

「分かってるよそれは。でも変わったとか変わってないとかじゃなくて、俺の気持ちの問題なんだもん」

「なんだもん、って。女子力上がりすぎでしょ」

「うっせえなあ」

水村の言うことはもっともだ。過去に縛り付けられているのはきっと過去を憎んでいる人間だけだ。みんなそれを糧にして変わっていっている。田崎は頑張って酒屋を切り盛りしているようだし、禄も高校を卒業して地元の大学に通い始めたらしい。驚いたのが月乃君で、結婚して子供がいるらしい。どうやらできちゃった結婚のようだ。そうやって水村が話す人々の変移は、ますます俺の足を地元から遠ざけようとしてくる。

ここに戻って来たくない気持ちと、戻って来たい気持ちがせめぎ合って、自分でも本当はどうしたいのかが分からない。会いたい人はたくさんいる。会いたくない人も同じくらいたくさんいる。でも結局こうやって帰って来てしまった。所詮はその程度の稚拙な覚悟だったということだ。

「たまに不安になるくらい、べつにいいじゃん。大学生活は楽しいんでしょ？」

「まあ、お陰様で」

「ならよかった。恋人できた？」

「なんかお前、メールでもそれ毎回訊いてくるよな。出来てねえっつーの」

「作ればいいのに」

「別にいいの。そういうの、今は興味ねえんだよ」

水村には話していないが、浮いた話がないわけではなかった。実際告白された事も二度あった。ただ、丁重にお断りした。二人とも悪い奴ではなかったが、やはりどうしても男と一線を越える勇気が持てなかった。

友人として接していればなんという事はないのに、自分が異性として意識されていると気付いた途端、一気に拒絶反応がこみ上げてくる。低い声も青髭も、筋肉を誇示するような服も腕に浮き出た血管も、全部おぞましくなる。ただの優しさとしか受け取っていなかった好意すら、下心が透けて見えるようで気持ちが悪くなった。

電車に乗れば、車内の小説の広告にでかでかと『究極の純愛！』だなんて書かれている。テレビをつければ、朝の番組の占いコーナーで「今日の恋愛運は」だなんて言っている。本だって映画だって街並みだって、いつだってそれらは愛だの恋だのを高らかに叫んでいる。こういう恋愛や青春を送るのが普通なんだよと変なレールを敷かれている気分だ。

かつては自分も持っていたものなのに。男性器や性欲や恋心。かつて持っていたものだからなのかもしれない。どうしても拒絶したくなってしまうのは。

かといって女の子と付き合えばいい、というわけにもいかないようだった。不思議なことに、入れ替わる前確かに持っていた女性への劣情は、この体になってからだんだんと失せていった。そういえば水村が言っていたことがある。この体は、性欲が抑えきれなくて困る、と。性差とはそういうものなのだろうか。一度ひとりでしてみようと思ったこともあるが、指を入れてみて、それ以上はなんだか怖くて何も出来なかった。

磯矢に襲われたこともきっと大きいだろう。胸をまさぐられた感覚や押し付けられた硬い性器の感触を思い出すと、今でも吐きそうになる。あれが、女として男の性欲を受け入れる、ということなのだ。そう思うと、やはりどうしても無理だった。

それに俺にはこの体を守り続ける義務がある。水村がどう思おうと、どう俺の体を扱おうと、俺は今の自分の体を大事にし続けると誓ったのだ。

「じゃあそろそろ一回帰ろうかな、私」

「ああ、俺も一回帰る。時間まではまだあるし」

口ではそう言いながらも、椅子にへばりついた腰が重い。自分でもひどく緊張しているのが分かる。あの頃よりはうまくやれる気はする。でも、それが本当に正解なのかは分からない。ただ自分の居場所がここにはないことをまた実感するだけになるかもしれない。

ストローを手に持ったまま虚空を見つめる俺に、「坂平くん」と水村が声をかける。

「同窓会、がんばろ」

そう言うと水村が右手を掲げる。思わず少し笑ってしまう。

「お前、それ好きだなあ」

言いながら、小さくハイタッチする。まあね、と水村も笑う。

水村に先に会っておいて良かった、と思った。新幹線が地元の駅へ近付くたびどんどんと張り詰めていった糸のようなものが、水村と会って少し緩んだような気がした。俺はこの歳になってもなお、水村に甘えている。それを自覚したくないから、会うのを躊躇していたのかもしれない。結局また、何もうまくできない自分に向き合う羽目になってしまうのが、怖かったのかもしれない。

　そして夜になった。水村とは別々に向かうことになったので、俺は飲み屋の前で一人で入るタイミングを窺っていた。見知った顔が数人で集まって楽しげに話しながら店へと吸い込まれていく。居た堪れなさに気がどんどんと重くなる。高校の頃の記憶が蘇ってきた。やっぱり来なきゃよかったかなと後悔し始める。かといって陰に隠れて店を見つめながらずっとここに突っ立っているわけにもいかない。意を決して足を一歩進めたとき、急に誰かに肩を叩かれた。驚いて振り向くと、女の人が二人立っていた。

「あっ、やっぱりみっちゃんだ！」

　笹垣と高見だった。笹垣は長かった髪を耳の下まで短くしていて、高見は少し太ったようだ。化粧の仕方はきっちり覚えたようで、二人とも当時よりも大人っぽく見える。でも、あの頃と変わらない笑顔を二人とも貼り付けている。その笑顔が恐ろしかったときもあった。

「わーやばい、めっちゃきれいになってて一瞬だれかと思っちゃった」

　ね、と笹垣が高見に同意を求め、高見がうんうんと頷く。

　焦るな、と自分に言い聞かせる。ここで焦って挙動不審になって、口籠って曖昧に笑って。そうしたら結局昔の二の舞だ。今の俺はあの頃の俺とは違う。できるだけ自然に見えるように、口角を上げる。

「びっくりした、こっちこそ誰かと思っちゃったよ！　久し振りー！」

ほんの少しだけ、面食らう二人の顔を期待した。どういう気持ちで話しかけてきたのかは知らないが、当時とは違う社交性を見せつけて、ほんとに変わったんだねとちょっと慌てる姿を見てみたかった。けれど期待に反して、二人は表情を崩さず笑っている。

「ねー！　まじひさしぶりだよ！　みっちゃん成人式顔出さなかったでしょー」

「ちょっとバタバタしててさ、行けなかったんだよね」

「そっかそっか。ってか中入んないの？　だれかと待ちあわせ？」

「ううん、なんか入るのに緊張しちゃってさ」

「なにそれー、じゃあいっしょに入ろ！　いこいこ！」

二人に引っ張られるようにして、店へ入る。面食らったのは俺の方だった。どうしてこんな風に屈託なく接することができるのかが分からない。高校生活の最後の方はほとんど会話らしい会話をした記憶がない。卒業式の日、お互い無言ですれ違ったのを今でも鮮烈に思い出せる。笹垣と高見は、俺が今日最も会いたくない二人だった。

でも二人とも、何もなかったかのように笑っている。何か目論んでいるんじゃないかとすら思えてくる。もちろんそれを面と向かって言えるはずもなく、二人と寄り添うようにして店の奥へと進んでいく。

席にはもう既に何人か座っていて、その中には水村と田崎の姿も見えた。水村が俺に気付いていて、田崎を肘で小突く。振り向いた田崎に、水村が俺を指差す。きょとんとした表情が、俺を視界に捉えると一気に破顔した。大きな口をにかっと横に更に大きく広げて、馬鹿みたいな笑顔で大きく手を振ってくる。思わずにやつきそうになるのを堪えて、小さく手を振り返した。

笹垣と高見に促されるまま、二人に挟まれる形で席に座る。目の前の見知らぬ男が、えっもしかして水村なのとやたらと大きな声で喚く。高見が何故か自慢げに、そうなのめっちゃきれいになったでしょ、と俺の肩を揺さぶる。曖昧に笑みを返しながら、男の名前を必死に思い出そうとする。

「きみたち、ほんと仲いいよね」

男の横に座った青い髪の女が、どこか揶揄した口調で煙草の煙を吐く。教室の隅でせっせと手鏡に向かって化粧をしていた奴だ。こいつも存在は記憶にあるが名前が思い出せない。自分の記憶力、というより興味のなさに自分でも驚く。

「まあね、うちら親友だからー」

そう言って笹垣が肩を寄せてくる。高見も、ねーと笑って同調する。高見の目の上の、蛾の鱗粉じみた濃いアイシャドーが更にけばけばしく光る。俺もそれに合わせて、ねーと小首を傾げてみせたが、心の奥は硬く冷え切っていた。笑う二人の目や口ぶりは何か裏側があるようには全く見えず、ただ純粋に心から微笑んでいるように見えた。なんだそれ。馬鹿馬鹿しい。俺を輪から外し、ここぞと陰口を叩き、会話すら拒んだその事実は、二人の中では綺麗に塗り替えられているのだ。ずっと仲良しの三人組。そこで彼女たちの時間は止まっている。固執しているのは俺だけだ。二人が憎いとか苛立つとか、そういった感情は一切なくて、ただただ虚脱感だけがあった。今この場では親友と言って憚らないくせに、きっと帰り際に連絡先を聞いてきたりはしないのだろう。そう考えると、心底馬鹿馬鹿しかった。

そして同窓会が始まる。幹事によるとこのクラスの八割が参加しているようで、確かに懐かしい顔ぶれが揃っていた。やはり結局当時と同じ面子で固まって話している。最初は三人で話していたが、笹垣は俺とは反対側の席のグループと話し始め、トイレに立っていた高見はいつの間にか少し離れた席の男の隣にちゃっかり座っていた。最初の内は周りのグループのさして面白くもない話に笑って相槌を打っていたが、次第にそれにも疲れてくる。さっさと酔っ払ってしまいたかったが、いくら飲んでも意識ははっきりしたままで高揚もやってこない。腹の底が熱くなる感覚があるがそれだけだ。周りでは俺の知らない昔話が繰り広げられている。何故それを俺が知らないかすら分からない。知ったふりで頷くのに辟易して、トイレに立った。

　トイレに行って帰ってくると、俺がいた席はどこかで見た顔の男に取られていて、やたらと盛り上がっていた。もう帰ろうかな、という気持ちになってくる。やはり、来なければ良かった。無駄に神経をすり減らし疲労を体に纏わりつかせただけだった。さっさと会計を済ませて帰ろう、やはりもう極力ここに帰ってくるのはやめよう。そう思って一歩足を踏み出したとき、「水村！」と声をかけられる。

「こっち来いよー！」

　田崎だった。酔っ払っているのか、異様にテンションが高い。左側には変わらず水村が座っている。田崎は空いた右側を手でぽんぽんと叩き、にこにこと左手で手招きしている。大型犬がぶんぶんと尻尾を振る様がふと浮かんできて、思わず苦笑する。ペロみたいだ。不思議と、さっきまで感じていた疲弊が薄まっていた。

「お邪魔していいの？」

　招かれるがまま田崎の隣に座る。水村と一瞬目が合って、にやりと笑うのが見えた。

「何言ってんだよー！　いいに決まってんだろ！　な！」

「うん、どうぞどうぞ」

「そお？　んじゃ、お言葉に甘えて」

「あ、てか水村のグラスあっちか！　まあいっか、新しく頼んじゃおうぜ。なんにする？」

「んーそんじゃ、ウーロンハイで」

「おっけ！　ってか坂平ももうないじゃん！　なんにする？」

「えー、じゃあカシオレにしよっかな」

「相変わらずお前甘いの好きなー。あ、店員さん！　こっちも注文お願いします！」

やって来た店員に注文をする田崎越しに、俺と水村はひそひそと話す。こいつは全然変わってないんだな。そう、ぜんぜん変わってないの。しばらくして注文したものが運ばれてくる。

「じゃあ乾杯しようぜ、乾杯」

かんぱーい、と言う田崎の声を合図に、俺達はグラスやジョッキを打ち合わせる。

高見がじっとりとこちらに向けている視線に気付いたが、見なかったふりをして酒を呷った。

「ってか！　水村！　まじで久し振り！」

そう言うと田崎がまたビールの入ったジョッキを俺のグラスにごちんとぶつけてくる。「ほんとだよな、ひさしぶり」と水村もグラスを掲げてくるので、俺も倣って掲げる。

「成人式も来ないいんだもんなー！　メールしようかと思ったんだけどさー、忙しいのかなーとか思ってさー」

「そうなの？　普通にくれれば良かったのに。成人式はねー、ちょっとタイミング合わなくて」

「ま、そういうことあるもんな。まあ良かったわ、今日来てくれて！」

「てかさあ、水村めっちゃきれいになったなあって思わなかった？　おれ一瞬だれだかわかんなかったもん」

にやにやと笑いながら水村が田崎の肩に手を置く。こいつ、からかいやがって。

「馬鹿だなーさすがの俺でも誰だか分かんないってことはないわ。でも確かに感じ変わったよな。髪も伸ばしてんの？」

「うん、伸ばしてる。夏は暑くて鬱陶しいんだけどね」

「いいじゃん、似合ってると思うぞ」

「ありがとー。ってか、そういう坂平君もかなり変わったよねー？」

にやつきながら矛先を変えてみる。水村がじろりと睨んでくる。

「そう！　そうなんだよ！　なんかこいつさー、帰ってくる度に髪染めたりパーマかけたりしてさー、どんどんチャラくなってってんだよ。都会に染まってってるっていうかさあ」

「そういう田崎はぜんっぜん変わってないよなあ」

「そんなことないだろ！　毎日酒瓶運んで結構筋肉ついたんだぞ、ほらほら」

鼻息荒く半袖をまくり上げて両腕を上げて力こぶを作ってみせる。確かに多少二の腕の辺りが盛り上がっているのは見て取れるが、どう贔屓目に見ても筋肉がそれほどついたようには見えない。

「いやあこれならまだおれのほうが筋肉あるね」

「そうだね、これなら私の二の腕の方が太いな」

俺と水村で田崎の両腕をもちもちと揉んでいると、「もういいよ！」と顔を赤くして袖を戻し、そのまま両腕で自分の体を抱き締めてみせる。その仕草がいたいけな少女みたいで、思わず笑ってしまう。

「なんだよ、笑うなよー」

「ごめんごめん。でも、二人とも変わらず仲良さそうで安心したわ」

まあ、仲悪くはないけど、と口籠る水村の言葉を「まあな！」と田崎が遮る。

「卒業してからも二人で遊んだりしてたの？」

「二人だけで、っていうのはないなあ」水村がグラスに口をつけながら答える。

「そうだな。大体飯田とかそこらへんいるもんな」

「そうなんだ、なんか意外。二人だけでも飲みに行ったりするのかと思ってた」

「いやあ、それはないなあ。それに二人で遊ぶくらいなら、やっぱ水村もいてくれた方が楽しいもん」

そう言って田崎が笑う。何の邪気も感じられない、素直な笑顔。その言葉に対して何と返したか覚えていない。ただ曖昧に笑っただけだったような気もする。

嬉しかった。もしかしたら俺は、その言葉を聞きたくてここに来たのかもしれなかった。誰かを喜ばせる言葉を田崎は口にできる。俺にはしたくても到底できないことで、それが羨ましくもあった。だから俺は田崎に会うのが怖かったのだ。また、離れがたくなってしまうから。

田崎が、今度三人でどっか行こうよと言って、水村がいいねと同調する。俺も二人に合わせて、行こう行こうと笑ってみせる。どこ行こうか、俺車出すよ、そういえば行ってみたいところがあってさ、と男二人が盛り上がり始める。社交辞令みたいな約束なのに、案外二人とも本気だ。そのことが少しだけ嬉しくなる。その時のことを想像するだけでわくわくしてしまう。こんな感覚は、なんだか久し振りだった。

結局最後まで三人で話し続けて、同窓会はお開きとなった。二次会はカラオケです、行く人はついてきてねー、と幹事が声を張り上げる。笹垣と高見はもう俺には興味をなくしたようで、他の連中に交じってその集団に入っていく。さすがに二次会まで行く気力はなく、もう帰ろうと思っていると肩を叩かれた。田崎だった。

「水村、二次会行くの？」

「ううん、行かない。田崎君は行くの？」

「いや、俺もいいかな。てかさあ」口籠って、半袖から出た腕を頻りにさする。「良かったら別のとこで飲み直さない？」

「あ、いいね。あーでも坂平君、カラオケの列に行っちゃってるよ。呼んでこようか」

「あ、違う、違くて」

大きな手をこちらに向けてひらひらと振る。さっきからずっと顔を伏せていて、居酒屋から漏れる仄かな光だけだとその表情がうまく読み取れない。

「ふた、二人で、よければ。どうかな。坂平は、まあなんか、カラオケ行きたいみたいだし」

鈍い俺でもさすがにそこで気付く。そっか、マジか。少し驚いたが不思議と嫌な気持ちはしない。ただ正直、面倒な事になったなあと思ってしまった。告白してきた彼らとは、断った後も今までと同じような関係にというわけにはいかなかった。俺がそう望んでいても相手としてはやはりそうもいかないらしい。もし田崎ともそうなったら嫌だなあ、と思った。せっかく今日は楽しかったのに。同じように話せなくなってしまうのは、困る。

「いや、あのさ、変な意味とかじゃなくて。坂平とは多分いつでも会えるけどさ、次、水村いつ帰って来れるか分かんないじゃん。だから、もっと話したりできたらいいなーとかって思ってさあ」

俺が返事をしないでいると、慌てた様子で田崎がとつとつと言い訳を並べ立てる。さすがになんだか少し気の毒になって、「うん、もちろんいいよ。行こう」と必要以上に明るい声で答えてしまう。

「え、まじ！　いいの！」

さっきまでうじうじしていたのが嘘のように、ぱあっと笑った顔をこちらへ向ける。酒のせいなのかそれとも別の要因か、灯りに照らされた右頬がやたらと赤い。

「あー良かった、まじで良かった。あのさ、ちょっといい感じのバーみたいなの見つけたからさ、良かったらそこどうかな」

「へーいいね、この辺にバーなんてあるんだ」

「うん、こっから歩いて行ける距離だから」

歩き出す田崎についていく。ちらりと水村の方を見やると、ぱちりと視線が合った。しかしすぐに目を逸らし、話に興じるふりをしている。

田崎の慌てぶりについ行くと言ってしまったが、改めて置かれた自分の状況を考えてみて、ようやく少し焦り始める。確かに田崎と今までのように話せなくなるのは嫌だが、かといって付き合ったりできるかどうかと言われるとそれはまた別の話だ。男への嫌悪感は未だ根強いし、そもそも田崎は男だった頃からの友人だ。はっきり言って月乃君やその他の男たち以上に異性として意識できない。はにかんで歩く田崎の横顔を見る。やっぱり、変わらないでいつづけるのは難しいことなのかもしれなかった。

田崎に案内されたバーは、大通りから少し離れた路地裏にひっそりとある小さな店だった。分かりづらい場所にある上に看板すら出しておらず、一見さんお断りの雰囲気がぷんぷん漂っていて、正直入りにくいことこの上なかったが、田崎は何の躊躇もなく入っていく。

いい感じのバー、と言っていた田崎の言葉通り、かなり雰囲気のある店だった。カウンターにテーブル席が二組あるだけの小さな店で、照明はぼんやりとした灯りがところどころに散っているだけで全体的に薄暗い。奥のソファ席にはスーツ姿の男女四人が座っていて、客は彼らしかいない。眼鏡をかけたオールバックの五十代くらいの店員が、こちらへどうぞとカウンター席に案内する。おそらく店主なのだろうが、マスターと呼ばれるのを好みそうな相貌だ。

洒落過ぎていてどうにも座りづらい椅子に腰掛け、辺りをそっと見回す。カウンターの奥には様々な種類の酒がずらりと並んでおり、手元にはキャンドルと小さな花が一輪挿してある。そんな中、英字がでかでかと書かれた黒いVネックのシャツにジーパンという田崎の格好は相当浮いて見えるが、本人は大して気にしていないようだった。

「凄いな、こんな店あったんだ」

「なー！　俺もさー連れて来てもらったんだけど、そんときめっちゃお洒落だなーって思ってさー」

「えー何、デートで使ったの？」

「ば、ばっか、ちげえよ、ばか」

分かりやすく狼狽する田崎に、「どれになさいますか」とマスターがメニューを二冊差し出してくる。田崎がそれを一冊俺の方へ渡してきて、俺はぱらぱらとページをめくる。右手を行ったり来たりさせて決めあぐねている田崎を横目に、「ソルティドッグ下さい」と頼む。

「あ、じゃあ、俺も同じやつ」

かしこまりました、と返事をしてマスターが奥へ引っ込む。

「いやーしかし、こういうお店ちょっとオシャレすぎてなんか緊張するなー」

マスターが背を向けたのを見計らって、小声で呟くように言うと、田崎がきょとんとした顔をする。

「なんだよ、東京でこういうとこ慣れてるんじゃねえの？」

「いやいや、まさか全然。飲み行くって言ったって、さっき行った居酒屋みたいなとこばっかだし」

「そうなのか。俺はてっきり、こういうとこ行きまくってるのかと」

「あはは、ないない。貴重な体験させてもらってます」

お待たせしました、とカウンターにソルティドッグが二つ置かれる。

「それじゃ、乾杯」

田崎がグラスを掲げて、乾杯、と俺も唱和してグラスを重ねる。一口飲んで舌を湿らせる。田崎が怪訝そうにグラスの縁についた塩をまじまじと眺めていた。ちらりとマスターを見て、逡巡した様子を見せた後、塩のついていないところから中身を口にした。それ、塩と一緒に飲むんだよ。言いかけて言葉を呑み込む。

「ほんと久し振り、水村」

「さっきも聞いたよ、それ」

「あ、ああうん、いやまじで久し振りだなーって思ってさ。あ、髪伸びたよな、伸ばしてんの？」

「どしたの、それもさっき聞いたよ」

「あっ、ああ、そうだよな。お、俺は、長い方が好きだな」

「ほんと？　ありがと」

「う、うん。か、か、か、か、かわいいとおもう」

冗談みたいな噛み方をするものだから、思わず声を上げて笑ってしまう。一瞬唖然としていた田崎も、笑い続ける俺につられて笑ってしまう。

「な、なんだよ。そんなに笑うなよな」

「だって、そんな噛み噛みになることある？　あーやばい、お腹痛い」

「だから笑い過ぎだって！」

この一連の流れで妙な緊張も解けたのか、いつも通りの田崎と他愛のない話を繰り返した。俺が大学で映画のサークルに入っていること、ファミレスのバイトをしていることを話し、田崎は毎日のように店で父親に叱られていること、なかなか酒の名前が覚えられないことを話す。近況報告のような話題が一通り済んで、自然とここにはいない坂平陸という男の話題になる。

「坂平君はさ、なんなのあれ。ちょっと東京デビューしすぎじゃないですか？」

「なあ。俺も、あいつがあんなお洒落な奴だなんて知らなかったよ」

「お洒落ってか、チャラいんだよ。格好つけちゃってさー」

「あいつ、ああ見えて昔からもててたからな。高校の時から結構告白されてた」

「らしいねー。うーん、私にはよう分からん」

「そうなのか？　お、俺はてっきり、水村も坂平のこと好きなのかと」

「いやあ、ないない、ないって。今も昔も、ただのいいお友達ですよ」

「そ、そっか」

露骨にほっとした顔をするのを見て、また笑いそうになる。探り方がへたくそすぎるだろう。

「でも、あいつが変わったの、大学行ってからよりも高校一年の夏から急に、って感じがするな」

「え。どういうこと」

思わず声が上ずる。既視感のある会話だ。数年前、緑も同じことを言っていた。激しくなってきた鼓動は、酔いのせいではないだろう。

「夏休みにがらっと変わる奴いるとかよく言うじゃん。でも周りはさ、全然そんなことなくて、俺とか日に焼けて真っ黒になったくらいだったわけ。でも坂平はさー、なーんか随分大人びちゃってさあ。笑い方とかも全然違うわけ。それまでは腹抱えて、あーそれこそさっきの水村みたいにさ、げらげら笑ってたのに、なーんか澄ました笑い方しやがってさ。うふふ、みたいな。何気取ってんだこいつ？　って思ったよね。まあそれはそれで面白いからさ、今でもこうやって仲良くやってるけどさ。地味に衝撃だったなあ、あれ。それに比べたら大学デビューくらい想像の範囲内かも」

ぽかんと間抜けに口を開けて聞いている俺を見て、田崎がぽりぽりと頭を掻く。

「あ、ごめん、水村は坂平と話すようになったのそのくらいからだから、よく分かんねえよな」

「あ、ううん全然いいんだけどさ。そんなに変わっちゃったのに、よく受け入れられたね」

「んーまあ、なんか違うなーって思う時はあったよ、やっぱり。俺はさ、馬鹿みたいに騒いで笑ってた頭空っぽの坂平と仲良くなりたくて友達になったからさ。でもま、あーもしかしたら何かあったのかもなーって思ってさ。坂平は坂平に変わりないし。しかもさー飯田とか全然気付かなかったっぽいんだよね。だから、ま、俺の勘違いかもしれないけどさ」

そっか、とどうにか相槌を打って、残っていたソルティドッグを飲み干す。

水村は、俺が思うほど完璧に坂平陸になりきっていたわけではなかった。禄も、田崎も、明確にとは言えないまでも違和感に気付いていた。そして田崎は、それに気付きつつも変わらず接し続けてくれていた。その上、それをおくびにも出さず。やっぱりこいつは凄い。俺や水村じゃ到底敵わない。だって俺と田崎は、七月までのたった三ヶ月の付き合いしかなかったのに。

そして、俺は意外と愛されていたようだった。今みたいに頭も良くなく大人びてもおらず、馬鹿で下品で調子に乗りまくっていた俺でも、それでもその俺が好きだと言ってくれる人がいる。なんだか泣きそうだった。

「どうした、水村。酔った？」

急に黙りこくった俺の前に、田崎が手のひらをひらひらさせてくる。唾液を飲み込む。酔うどころか、頭の中はすっかり醒め切っていた。喉の奥がじんじんする。

「大丈夫、ごめん。どうする？　もう一杯飲む？」

妙な感覚を胸の奥に残したまま、隅に置いていたメニューを手繰り寄せる。並んだ酒の名前を目で追っていると、マスターが無言で目の前にやってきて佇む。

「私、モヒートで」

俺が頼む横で、田崎はじいっとメニューを見つめる。そしてゆっくりと顔を上げると、「ビール」とマスターに告げた。かしこまりました、と静かに言って、また店の奥へ去っていく。

「俺、酒屋の息子失格だわ」

メニューに目を落としたまま、田崎がぽつりと唐突に呟く。

「え、何どうしたの急に」

「俺、さっきも言ったけど、店にある日本酒とか焼酎の種類、全然覚えらんないんだよ。こういう洒落た洋酒とかになると、もっと分かんなくてさ。メニュー見てもどんな味のどんな感じの酒なのかさっぱりで。さっきもとりあえず水村に合わせてみたけど、なんか変な味のジュースみたいな感じしかしなくて。結局ビール」

　自嘲気味に笑って、そして両手で顔を覆い、深く溜息をつく。お待たせしました、とマスターがモヒートとビールを持って来る。

「なんかもっと坂平みたいにさあ、すぱっとお洒落な酒スマートに頼めればいいんだけど」

「坂平君は関係ないでしょ。別に、お酒スマートに頼めるだけがステータスじゃないと思うし」

「関係あるんだって。ほんとはさ、結局この店だって、坂平に教えてもらったんだよ」

　顔を覆っていた手をカウンターに置いて、また短く溜息をつく。

「が、頑張って探したんだけどさあ。水村の好きそうな店。お、俺ひとりじゃ、やっぱそういうの、よく分かんなくって。坂平に訊いたんだ、いいとこ知らないかって。そしたら、ここ探してくれて。や、やっぱすごいよな、あいつ。あっさり見つけちゃうんだもんな。すごいよ、ほんと」

　回らない呂律で、真っ赤な顔でたどたどしく話す。今にも泣きそうな顔をしていて、俺は何と声をかけていいか分からなかった。ただ、妙な気持ちだった。今、田崎の中で渦巻いている感情は、全て俺に向けられているものなのだ。そう思うとなんだかむずむずした。

「で、でも。水村が、喜んでくれたから、よかった」

田崎が、潤んだ目で笑った。頰が赤くて、精一杯口角を上げたようなぶさいくな笑みで、いつものような子供みたいな笑顔とは全然違う笑い方だった。一生懸命、俺の為に笑おうとしているような笑い方だった。

やばい、と思った。田崎という男はこんな奴だっただろうか。もっと馬鹿でへらへらしてて、なんにも考えず生きているような奴だと思ってたのに。

可愛いと思ってしまった。田崎のことを。俺が。ありえない。だって田崎なのに。どうかしている。俺も、田崎も。

「う、嬉しいよ、そこまで考えてくれてて。だからさ、泣かないでよ、ね」

目に涙をいっぱい溜めた田崎の背中をさする。華奢な体が熱かった。泣いてねえし、とビールを呷る。

「水飲もう、水。田崎君酔っ払いすぎだって」

「いや、大丈夫。まじで酔ってない。今日は酔わないって決めてたし、俺」

目頭を強くつまんで、ふぅと大きく息を吐く。座り直してこちらに向けた顔にはさっき見せていた昂った感情はなさそうで、俺はほっとする。

「ごめん。ちょっとなんかテンパっちった」

「いや、大丈夫。ちょっとびっくりしたけど」

「やっぱあれだな、俺ももっと、色々して自信つけよ。本読むとかさ、水村みたいに映画観るとかしてさ、なんつーの、坂平的に言えばケンブン広めよう」

「あー確かに坂平君、そんなこと言ってたね。いいじゃん、私お薦めの映画教えるよ」

「まじか、教えて教えて。あ、じゃあなんなら今からツタヤ行っちゃう？」

「お、いいね。せっかくだから何か借りてみなよ」

「あ、じゃあさあ」

急に、田崎が言いかけて言葉を止める。分かりやすく目が泳いで、何かを言い淀んでいるのが容易に見て取れる。その先を促してはいけないい気がして、沈黙が流れた。田崎が舌で唇を湿らせて、口を開く。

「うちで、映画観る？」

馬鹿だな、田崎は。たったその一言を言うだけで何をそんなに躊躇しているんだか。だってあの頃はそんなやり取りはたくさんしていた。うちで遊ぼうぜと田崎は言って、俺と水村と三人でプレステ3で遊んだり漫画を読んだりしていた。それと同じだ。なんのことはない。ただ田崎の家で、映画を観る。ただそれだけだ。

ていた。

「うん。いいよ」

ただそれだけのはずなのに、普段あまりかかないはずの汗が、耳の下を静かに伝っていた。

どうせだから二人とも観たことのないものを、と言って選んだ映画はすこぶるつまらなかった。ただの説明不足を難解さと履き違えているような内容で、ぽつぽつとお互い突っ込みを入れながらだらだらと観続けていた。

数年ぶりに足を踏み入れた田崎の部屋は昔とちっとも変わっていなかった。二階の一番奥のトイレの隣の部屋で、六畳半ほどの広さだ。本棚には漫画とゲームがずらりと並んでいる。当時は普段田崎が寝ている青いソファベッドの背を立てて三人ぎゅうぎゅうに座って、ゲームをしたり喋ったりしていた。

そのソファに今は二人並んで座っている。当時よりは随分スペースに余裕があるはずなのに、さっきから肩が時々触れている。でもだからと言って距離を取ったら、田崎が傷付くかもしれないし、と自分に言い訳をしてそのままにしている。

「なんかよく分かんない映画だなあ」

わざとらしく声を上げて、田崎が腕を組む。指先が俺の腕に当たる。

俺は膝の上に置いていた手を、自分の脚の横に並べるようにソファベッドの上に置いた。もう映画の内容なんて頭に入ってきていなかった。田崎も同じように、組んでいた腕を解(ほど)いて手を脇に置く。

指と指が触れた。軽くわずかな面積が重なるくらいの触れ方だ。耳の奥で心臓の音が鳴り響く。田崎がゆっくりと指を絡めてくる。俺は抵抗しない。絡められた指に力を込めて、軽く握り返す。ぴくり、と田崎の手が震えた。

駄目だ。だめだ。どうかしている。でも仕方ない。ここで俺が田崎を拒否するようなことをしたら、田崎はきっと今度こそ本当に泣いてしまう。田崎の悲しむ顔なんて見たくない。

自分に対する言い訳をそうやって繰り返している。言い訳をするのは認めたくないからだ。この状況を積極的に受け入れようとしている自分を。

田崎が指を俺の指の間に滑り込ませて、撫でるように手を握ってくる。田崎が今どんな顔をしているか見られなかったし、自分がどんな顔をしているかも知りたくなかった。それでも、声を出していないのに名前を呼ばれたような気がして、田崎の方を振り向く。目が合った。じっと俺を見つめる田崎の顔が思ったよりも近くにあって、そのまま俺たちはキスをした。

ソファベッドに置いた手の指を絡めたままのぎこちないやり方で、田崎は自分の唇で俺の唇を何度も挟んだ。髭がちくちくと肌に刺さって、少し痛いが不快ではない。

ただ、ああ男とキスしてるんだな俺、と改めて感じた。ふと月乃君の悲しげな顔が頭に浮かんだ。

握っていた手が急に離されて、そのまま肩に腕を回され、ぐいっと引き寄せられた。抱きすくめられたような格好でキスは続いて、そしてぬるりと尖った舌が口の中に分け入ってくる。柔らかな肉の感触が口の中を行ったり来たりする。舌が絡み合う度漏れる田崎の息が酒臭い。

そのままの格好で、田崎がソファベッドの背もたれを手前に引いた。がくん、と背もたれは揺れるが倒れない。何度か繰り返すがうまくいかず、その度俺たちの体も合わせてがくんと揺れる。田崎が腕と口を離す。

「ちょ、ごめん。あれおかしいな」

「はは、何？　うまくいかない？」

「うん、なんか知んないけど。あ、いった、いった」

両手で背もたれを引いて、やっとベッドの形になる。こっち来て、と軽く手を引かれて、言われるがままベッドの中心に座る。両肩に手を置かれ、そのまま押し倒される。さっきよりも荒々しく唇を重ねられ、右手がサマーニットの下に滑り込んでくる。

「あ、ちょ、ちょっと待って、待って」

俺が思わず声を上げると、ぴたりと手が止まる。するすると腕を抜いて、ゆっくりと顔を上げた田崎の表情は、困惑と絶望が混ざったような奇妙な形になっていた。思わず笑いそうになるのを堪える。

「あの。実は私、したことなくて」

「え？　何を？」

「いや、だから、こういうこと」

「えっ、え？　ま、まじで？　初めて？」

黙って頷く。田崎はそっか、まじでか、を繰り返しながらそわそわと忙しなく頬を撫でたり頭を掻いたりしていたが、意を決したように俺の方に向き直ると、ゆっくりと口を開いた。

「わ、分かった。優しくする」

その表情は真剣そのもので、今度こそ俺は笑ってしまう。

「な、なんだよ笑うなよ」

「ごめんごめん、つい」

「お前、今日俺のこと笑い過ぎだからなー」

「ごめんて。あの、それじゃあ、お手柔らかによろしくお願いします」

「あ、う。はい。頑張ります」

上にいる田崎の顔をまじまじと見つめる。これだけ長く付き合っていて、それでも初めて見る表情だった。照れたような何かを決意したような、じっと耐えているような、不思議な表情だ。俺よりもずっと長い両手と両脚で、俺の体を組み敷いている。四肢を檻にして逃がすまいとしているようだった。その征服欲が何故か心地好かった。全て委ねられる気がした。

　静かにもう一度唇を重ね合わせた後、舌は首筋をなぞって、そして耳を撫で上げるように動く。右手はもう一度服の下に潜り込んで、胸の方へ這い上がってくる。下着の上から胸を触られ、もどかしげにブラを押し上げられる。胸が圧迫されてしまい、服をたくし上げ背中を浮かせてブラのホックを外そうとする。田崎が慌ててそれを手伝う。そしてそのままニットもブラも全て脱がされる。両胸が剝き出しになって、それを見下ろした田崎が息を呑む気配がした。さすがに煌々と照らされたライトの下で裸体を晒すのは恥ずかしくて、目を逸らす。痩せたとはいえ、堂々と見せられるほどの体というわけでもない。田崎が、くしゃくしゃになった俺の髪を右手でゆっくりと撫でつけた。

　田崎も俺に合わせてシャツを脱ぐ。筋肉とは無縁の、細い体軀が目の前で露わになる。腰なんてやたら細くて、蹴ったらぽきりと折れてしまいそうだ。田崎がもう一度俺に覆い被さって、耳を舐めながら両胸を揉んでくる。指が時折乳首に触れる。胸はゴム毬のように歪んで、自分でも見たことのない動きをしていた。興奮した犬みたいに荒い田崎の吐息が、耳の奥でくぐもって響く。

かつて磯矢にされたことと同じはずだった。首筋を舐められ、耳の中に舌を突っ込まれ、胸を揉みしだかれた。あのときは苦痛や嫌悪感でいっぱいだったのに、今はそんな感情はちっとも湧いてこない。その代わり快感に支配されることもなかったが、懸命に体に食らいついてくる田崎がなんだか可愛かった。

ただ黙って田崎に体を委ねる一方で、頭の中ではぐるぐると色んな心配事が渦を巻いていた。入れられたときむちゃくちゃ痛かったらどうしよう。てかそういえばシャワーも浴びてないし。俺はいいけど、汗臭いとかって思われたらやだな。でも今からシャワー浴びたいってさすがに言えねえしな。ああでも無駄毛だけは処理しといて良かった。ってか、今日下着どんなのだったっけ。よれよれのではないけど、まさかこんなことになるとは思わなかったし、普通のだった気がする。まあそもそも勝負下着とか持ってないけど。ああでも多分こいつ、下着とか見てねえか。ブラも服と一緒に丸まって脱ぎ捨てられたまんまだし。

そんなことを思っていると、乳首を舐めていた田崎が埋めていた胸から顔を上げる。右手は相変わらず左胸を摑んだままだ。

「だ、大丈夫？　気持ちいい？」

「んー、なんか変な感じ。ちょっとくすぐったい」

「そ、そっか。ごめん。ど、どうしよう」

「全然大丈夫、気にしないで。田崎君のしたいようにしていいよ」

「お、俺のしたいように、って」

田崎がまた頭を掻く。こいつ、困った時とか照れた時に頭掻く癖あるんだな、などと思う。

「お、俺は実は、もう結構我慢の限界っていうか」

思わず下半身に目をやる。ジーンズのせいか少し分かり辛いが、それでも通常の状態ではないことが分かる。

「い、いいかな。しても」

うん、と小さく答える。さっきの性急さとはうって変わって、やたらと慎重にスカートを脱がそうとしてくる。腰を浮かせて、下着一枚になる。普通の白いパンツで、よれよれのじゃなくて良かったとちょっと安堵する。

そのまま田崎がパンツも脱がそうとしてくる。マジかよ、と思わず体が強張る(こわば)が口にせず、されるがままになる。それにしてもこいつ、下着とかどうでもいいんだな、やっぱり。

自分だけ一糸纏わぬ姿になって、さっきとは比べ物にならないくらいの羞恥(しゅうち)が襲ってくる。そう思っていたら、急に両脚をがばりと開かれた。さすがに慌てて力を入れて抵抗する。

「ちょ、ちょっと待って。さすがにいきなりは、恥ずい」

「そ、そっかごめん。電気、消す？」

「お、お願いします」

田崎が立ち上がって、蛍光灯の紐(ひも)を二回引っ張る。オレンジ色の豆電球だけが光って、それとテレビの光だけがぼんやりと目に映る。映画はもうとっくに終わっていて、メニュー画面に戻っていた。

さっきよりは暗いとはいえ、まだ羞恥心はなくならない。けれどこれ以上ごねるわけにもいかず、もう一度俺の脚を開こうとする田崎に身を任せる。

「指、入れるね」

「う、うん」

乾いた粘膜の間にゆっくりと中指が差し込まれる。内襞が引っ張られるような軽い痛みが走る。思わず顔を歪めると、「痛かった？」と指の動きが止まる。いや平気、と首を横に振る。

そしてまた指が更に奥まで入ってくる。根元まで沈み込んだと思ったら、またゆっくり指を抜かれる。何度かそれを繰り返されているうちに、じわりと奥の方がだんだん湿ってくる感覚があった。濡(ぬ)れてきた、と田崎が小さく呟いて、今度は人差し指も増えて二本の指が中に入ってくる。俺の中はさっきよりすんなりとそれを呑み込む。入り口を押し広げながら二本の指が肉体の中でぐにぐにと動く。

何かを探り当てようとするかのように田崎は指を鉤型にしたりもっと奥に差し込もうとしたりしていたが、やはり快感らしきものはやってこなかった。ただ痛みもなく、歯医者で口の中に指を突っ込まれる感覚に似ているな、と思った。薄い湿った肉を蹂躙されている感じだ。

「水村。そろそろ、入れてもいいかな」

俺が答える前に、かちゃかちゃとベルトの音を鳴らしてジーンズを脱いで、赤いボクサーパンツ一枚になる。薄闇の下でも、下着の中で田崎のそれが大きく膨らんでいるのが分かった。

田崎は何かに急かされるようにパンツも脱ぎ捨てる。屹立したそれは天を仰いで腹を打った。想像していたよりも大きくてぎょっとする。当たり前だが、数年前一緒に風呂に入った時に見た田崎のそれとは全く違っていて、ついまじまじと眺めてしまう。こんなもの、本当に入るんだろうか。

「あ、あんま見んなよ。恥ずかしいだろ」

「あ、あー。ご、ごめん、つい」

ぷいと背を向けて、ごそごそと枕元を漁り始める。どうやらコンドームを探しているようだった。貧相な尻が揺れるのを、間抜けな姿だなあと眺める。目当ての物を見つけたようで、袋を破く音がして、そして体を屈める。

「ああ、やばい。これ着けただけでいきそう」

田崎が本当に達してしまいそうな上ずった声を出す。

「ええ、早すぎ」

「うるせえ。どうせ早漏だよ」

無事装着した田崎が、こちらに向き直る。硬くしたままで跪いて、閉じかけていた俺の脚を更に押し広げた。

「もう乾いちゃった？」

「ううん、大丈夫」

「そっか。じゃ、い、入れるよ」

「うん」

「痛かったら言ってな、やめるから」

「うん」

田崎が腰を突き出す。俺の入り口に先端が当たる。中がゆっくりと押し広げられる。肉に分け入るように、硬い物が入ってくる。もっと熱を感じるのかと思っていたが、その感覚はなかった。ただ丸みを帯びた肉塊が緩やかに侵入しようとしてくる感じだ。

痛くはなかった。痛くはないが、物凄い異物感だった。一気にお腹の中が重くなった感覚がある。自然と息が荒くなる。

「だ、大丈夫？　痛い？」

「い、痛くない。け、けど、なんか凄い変な感じ」

「ま、まだ半分くらいしか入ってないけど」

「えっ、そうなの。いや、ううん、大丈夫。続けて」

ゆっくりするから、と田崎が腰を静かに押し付ける。棒状の違和感が更に奥まで詰まってくる。息苦しさが増してくる。入っちゃいけない所に物が入っているような感じだ。

「今、全部入った。平気？」

「う、うん。平気」

「じゃあ、動くよ」

言うや否や、田崎は腰を恐る恐る動かし始める。ずるりと内臓が引きずり出されるような感覚と共に田崎の体が離れる。腰の辺りがぞわぞわした。そしてまた弾力と硬さのある性器が奥まで差し込まれる。その度に喉元まで突き上げられるような衝撃を感じる。

「水村、手、手」

田崎が苦笑しながら俺の手を叩く。無意識の内に田崎の胸の上辺りに手を置いて、拒絶するように力を込めていたようだ。

「めっちゃ拒否するじゃん。やっぱ痛い？」

「ご、ごめん。痛くない、大丈夫。手の置き場に困るね、これ。はは」

「あ、じゃ、じゃあ、俺の首に手、回す？　なんて」

照れながら田崎が言うものだから、俺も何となく恥ずかしくなりながら「こ、こう？」と言われるがまま腕を首に回す。田崎の顔がぐんと近くなって、一気に密着度が上がる。さっきよりも触れる面積の増えた皮膚が熱い。

「これ、さすがになんか照れるね」

「お、俺は嬉しいけど。ってか、今のでなんかもういきそう」

「嘘でしょ。さすが早漏」

「うるせーし」

動くね、と言ってまた腰を動かし始める。さっきよりも速い動きだ。田崎の荒い吐息と喘（あえ）ぐ声が耳元で響いて、妙な気分になってくる。小さく、好きだ水村、と言うのが聞こえた。聞こえなかったふりをして、ぎゅっと腕に力を込める。性器が俺の中を何度も行ったり来たりする。

胸や足を盗み見されたり、電車で痴漢に遭ったり、自分が異性から性的対象として見られることにあれだけ激しい嫌悪感があったのに。それなのに、今田崎が自分の体に興奮を覚えてくれているんだと思うと、嬉しかった。田崎だから、嬉しいのだと思った。

「あ、やばい。で、出そう」

腰の動きが小刻みに速くなる。痛みはなく違和感にも慣れて、ただ目をつぶる田崎の、揺れる長い睫毛を眺めていた。いく、と田崎が声を上げて、動きが緩慢になる。体の中で膨らんでいたものが徐々に萎む感覚があって、田崎が荒く息をして肩を上下させている。

「いったの？」

「う、うん。いっちゃった」

「そっか。お疲れ」

脱力して体を預けてくる田崎の頭を撫でる。髪が少し湿っていて汗の臭いがした。

水村ありがとう、と田崎が軽くキスをした。

あれだけ守ろうと思っていたものを、あっさりと失ってしまった。それでも後悔はしていなかった。やり遂げたという気持ちすらあった。

ばたりと横に倒れた田崎の裸体越しに、部屋の奥で青く光るテレビの画面を見つめる。映画の一番駄目な観方をしてしまった。死ぬほどつまらなかったけれど、きっと死ぬまで忘れない映画になるんだろうな、と思った。

起きたら田崎の姿はなかった。胸元まで掛けられていたブランケットをよけて、半身を起こす。

股間にひりつくような痛みが走る。まだ何か入っているような違和感もあった。体を捻ると骨の鳴る音がした。狭いソファベッドに並んで寝ていたせいか、背中や肩が痛い。机の上に置かれたアナログ時計を見る。九時二分。部屋は寒いくらいに冷房が効いていて、シャツから出た腕をさする。

携帯電話を見ると、田崎からメールが来ていた。親父に用事頼まれちゃったので、ちょっと出てくる。待ってて。携帯電話を閉じてベッドから這い出る。

昨日のＤＶＤがまだデッキに入りっぱなしのようで、画面は依然メニュー画面を映し出していた。取り出して、レンタルバッグの中に仕舞う。

借りたシャツとスウェットを脱いで、ソファベッドの上に畳んで置く。隅に丸めてある服に着替える。待てと言われても手持ち無沙汰だ。棚の中にある漫画を一冊取り出して、ぱらぱらとめくる。懐かしさに当時の記憶が少し刺激される。

コンコン、とドアがノックされる音がした。思わず慌てて漫画を棚に戻す。

「まなみちゃん？　起きてる？」

田崎の母親だ。昨晩田崎の両親が寝静まった頃にこっそり家に上がったはずなのだが、どうやら泊まりに来ていることは知られていたらしい。田崎の母親とは何度も会っているが、それでもさすがに昨日の情事から明けた朝ではどうにも気まずかった。

「あ、はい。起きてます」

「あら、おはよう。朝ご飯作ったんだけど、どうする？　いっしょに食べる？」

「あ、あー。いえ、もう帰ります。ありがとうございます」

あらそう、とだけ返事があって、遠ざかる足音がドア越しに聞こえてくる。ふうと息を吐いて、バッグを掴んだ。ごめん先帰る、とだけ田崎にメールをすると、汗とどことなく饐えた臭いのするその部屋を後にする。

「すみません、お邪魔しました」

一階に降りて、リビングにいるはずの田崎の母親に向けて声をかける。「はあい、またいつでも遊びに来てね」と顔を出さないまま返事が聞こえてきた。あちら側も顔を合わせるのは気まずさがあるのかもしれない。

外に出る。もわっとした熱気と強い日差しがドアを開けた途端に襲ってくる。一晩中つけていた冷房で冷えた皮膚が、じんわりと熱に覆われていく。ぱたぱたと手で首筋を扇ぎながら、バッグから携帯電話を取り出す。宛先に『坂平陸』を選択して、メールを作成する。

『今すぐ異邦人集合』

それだけ送信してバッグにもう一度仕舞う。異邦人へ向かって歩き出す。昨日の同窓会は近くまで母親に送ってもらい、田崎の家にもタクシーで向かったので帰る手段がない。異邦人まではそれほど遠くはないし、股間に響くような痛みがまだあるのは気がかりだが、歩いて向かおう。そう思ってなるべく日陰を選んで歩みを進めていると、バッグの中から携帯電話の振動する気配がした。田崎からの電話だった。

「はい、もしもし」

言い終わるよりも前に、切羽詰まったような田崎の声が耳に入ってくる。

「おいちょっと、なんで帰っちゃうんだよ」

「あ、ごめん。さすがに一人でいるのちょっと気まずくて」

その気迫に少し押されそうになりながらも、そう答えると「あ、そ、そうか。ごめん」と急激に萎んだ風船のようなたじろぎに変わる。

「あ、あの俺、ちゃんと水村に言っとかなきゃいけないことがあって」

「ん？　何でしょう」

「き、昨日は、突然あんなことになって、ごめん」

「やだな、謝んなくていいよ、別に」

改めてそう口に出されると、昨晩の事を思い出してしまい気恥ずかしくなる。田崎もそれは同じのようで、口籠るようなはっきりしない口調だ。

「い、いや、なんか順番間違えたなって思って。ほんとはあんな感じにするつもりじゃなかったっていうか」

「順番？」

「うん、あの、なんてーか。ずっと水村に言いたかったことがあって」

本当に分かり易い男だ。そんな風に言われたら誰だってその次に何と言おうとしているのかすぐに分かる。どうしよう、と逡巡する。きっと本当はその次の言葉を聞かない方がいい。だって俺は本当は男で、田崎も男で、そして田崎は俺が坂平陸なのだということを知らない。結局俺は、田崎を騙している。

「実は俺、高校の時から、水村のこと気になってて。最初はよく水村のこと知らなかったけど、坂平と一緒に遊ぶようになってから、意外とノリいいしいい奴じゃんって思ってて。でもあんとき水村は彼氏いたし、しょうがないから諦めようって思ってて」

田崎だけじゃない。今までに出会った人たちを、俺はずっと騙し続けて生きてきた。水村の母も父も、笹垣も高見も、月乃君や磯矢だってそうだ。みんな本当の水村まなみではない水村まなみに対して、愛情を注いだり執着したり離れていったりしている。でもそれは全て水村が培ってきた人間関係が土台として存在するからだ。それらが向けられている先は、間違いなく俺ではない。

「高校卒業してからずっと会えなくて、でも同窓会に来るって聞いて、めちゃくちゃ嬉しかったんだ。だから絶対言おうって決めてたんだ。いやほんとは、こんな電話越しとかじゃなくて、ちゃんと顔見て言いたかったんだけど」

でも田崎だけは違う。田崎はずっと、俺が作り上げてきた水村まなみだけを見てきた。それが嬉しかった。同時に激しい罪悪感もあった。結局今の俺はただの虚像に過ぎないのだから。

「す、好きなんだ。ずっと前から。だ、だから、良かったら、俺と付き合って欲しい」

それでも俺は受け止めたかった。今の自分が誰かに愛されているという事実を。

「いいよ。こちらこそ、よろしくお願いします」

まるでずっと前から用意していた言葉のように、すらりと答えが口をついて出た。電話の向こうで、ひゅっと短く息を吸い込む音が聞こえた。

「え。ま、ま、まじで」

「うん。ありがとう。嬉しい」

「うわ。ま、まじか。まじかー。やばい、俺もめっちゃ嬉しい。俺、絶対嫌われたと思ってた」

「なんでよ、嫌う要素ないじゃん」

「いやほら、昨日あんなことしちゃったから。でも良かった、超ほっとした。やばい、今めっちゃ会いたい。水村の顔見たい。今どこいる？　ダッシュで行く」

大袈裟なくらいのその反応に、気恥ずかしくなる反面ちくりと心が痛む。電話の向こうから、「淳一、ちょっとこっち来い！」と野太い声が聞こえた。

「うわまじかよ。親父だ。最悪だ、タイミング悪すぎ」

天国から一気に地獄に叩き落とされたような絶望的な声に思わず吹き出す。

「いいよ、お父さんとこ行きな。私まだこっちいるし、また時間合わせて会おう」

「う、うん。ありがとう。て、てかさ、お願いあるんだけど」

「お願い？」

「あ、あの。ま、ま、まなみ、って呼んでいいかな」

相変わらずの見事な噛みっぷりだ。もちろんいいよ、と答える。

「じゃあ私も、淳一君って呼ぼうかな」

「え、えっ。まじで」

「だって私だけ田崎君のままじゃなんか変じゃない？」

「そ、そっか。でもやべえそれ超きゅんとくる。もっかい言ってくんない？」

淳一早く来い、と怒気の籠った声が響く。田崎が深く長い溜息をついた。

「ごめん、行かなきゃ。切るわ」

「そんな暗い声出さないでって。また連絡するよ」

「うん、ありがとう。じゃ、じゃあな。ま、ま、まなみ」

「だから噛み過ぎ。じゃあね、淳一君」

そう言って電話を切る。機械を握っていた手のひらにはじっとりと汗をかいていて、スカートにこすりつけて拭き取る。

我ながら浮かれている。節操のないカップルの会話そのものだ。気恥ずかしいが、楽しい。昨日したセックスなんかよりもずっと快感だ。恥ずかしいことを平気で言えちゃうのが、誰かを好きになるってことなんだろうか。

これからどうなるんだろう、と他人事のように考えてみたりする。どうせどんなに考えてみたところで、考えた通りになったことなんて一度もないのに。早く、水村と話したくなった。歩く足を速めて、異邦人へと向かった。


先に店で待っていた水村と合流して、事の顛末を全て話し、黙って頷いていた水村が聞き終えた後に発した言葉は「で、処女喪失はどんな感じだった?」だった。

「お前、最初に訊くことがそれかよ」

「いや、やっぱり元女としては気になるじゃん。痛かった?　血とか出た?」

「痛くはないけど、なんつーかすげえ異物感。今もなんかちょっと股間がひりひりしてる。血は出なかったな、そういや」

「あーやっぱ出るときと出ないときあるんだねー。ふむふむ」

「ふむふむ、じゃねえよ。お前がやたら恋人いるのかとか訊いてきてたの、田崎のためだったんだな」

「坂平協力してくれよーってあの捨てられた犬みたいな目で言うんだもん。逆らえなくない？」

水村に言われて、濡れた目で懇願してくる田崎の姿がありありと脳内に浮かんでくる。

「まあ、確かに、それは逆らえない」

「でしょー。まあ、無事丸く収まってよかったよ。私はお似合いだと思うよ。おめでとう」

「おめでとう、って、お前はいいのかよ」

「いいのかよ、ってなにが？」

「何がって。体元に戻ったら、お前が田崎と付き合うことになるんだぞ」

水村がストローで一口コーラを吸って、はぁと息を吐いて背もたれに深く体を預けた。わざとらしく肩を竦めて、やれやれと言わんばかりに首を振る。

「またそれですか、坂平さん」

「何だよ、その言い方」

「何度も言ってるじゃん。私のことなんて考えなくていいから、好きなようにして、って。坂平くんは田崎くんとつきあってもいい、って思ったからオッケーしたんでしょ？」

うんまあそうだけど、と言葉を濁す。いざはっきりとそう言われるとさすがに気恥ずかしい。

「じゃあそれでいいよ、私は。坂平くんが自分にとってベストな選択をしてくれれば、私はそれで満足。戻ったときのことなんて戻ったら考えればいいんだって」

「水村がそれでいいなら、俺は別にいいんだけど」

「だいじょうぶ。私に遠慮しないでぞんぶんにいちゃいちゃしなよ」

水村がそう励ましてくれるも、どうにもやりきれない気持ちで右目を強めにこする。睡眠時間が短かったせいか、眠くはないが目の疲れが酷い。

「なんだよーなんか言いたげな顔してんじゃん」

心中を見透かすように不貞腐れた顔で水村が言う。俺が顔に出過ぎるのか、それとも水村が敏いのか。

「いやなんかさ、どうも田崎を騙してるような気がして。だってさ、中身は俺なわけじゃん。もちろん田崎はそれを知らないわけじゃん。体は女とはいえ、中身が男の奴と付き合ってセックスして、しかもそれが友達で、ってさ。絶対ショックだと思うんだよ、ほんとのこと知ったら。でもそれをひた隠しにして付き合い続けるのも、なんつーか後ろめたくて」

「うーんまあ、わからないでもないけど」

水村が随分と水っぽくなったコーラをストローでかき回す。氷のぶつかる音が聞こえないくらいには溶けていた。水村はいつも半分くらい飲み物を残す。

「でも、だからって言ってごめんなさいするのが正しいとは私は思わないけどな。つきあえません、でもつきあえない理由は言えません、のほうが田崎くんに失礼な気がするけど」

「そんなもんかなあ」

「そんなもんだよ。深く考えないでさ、とりあえずつきあっちゃえばいいんだって」

「そうか。とりあえず、付き合っちゃうか」

「そうそう。いざつきあってみたらぜったい楽しいって」

詭弁(きべん)だ。俺のために用意された都合の良い言い訳だ。心の奥では納得なんてしていない。それでも救われた気持ちになる。

結局のところ俺は、救われるために水村に会いたかっただけだ。どんなに自己嫌悪や後ろめたさに押し潰されそうになっていたって、水村はいつも俺のほしい言葉を言って、俺のしてほしいことをしてくれる。決して否定せず、声を荒らげず。その甘いドラッグみたいな言葉がないと俺は、もう先に進めない。

それが少し怖くもある。だって水村の本当の心は、全く違う方向を向いているのかもしれない。東京に行きたい、と水村が言ったときそう思ったのだ。もしかしたら今までずっと、自分が本当に言いたかったことを奥歯で嚙み潰し続けていたのかもしれない、と。ただ俺のためだけに、俺の望むやり方のふりをしているだけなのかもしれない。それでもいつも俺は水村に甘えてしまう。ただ自分が楽になりたいから、俺は水村に望みを託し続けてしまうのだ。

「いろいろ進展状況とか教えてよね。のろけ話とかさ」

「惚気(のろけ)話はするかどうか分かんないけど、ちょくちょくこっち帰ってくるつもりではあるよ。一応遠距離恋愛になるんだしな」

恋愛、という言葉を口にしてみて、甘く瀟洒(しょうしゃ)な洋菓子を食べたときのような気恥ずかしさが襲う。でも、その当事者は自分なんだという実感が何故か湧かない。

「私にもたまには会ってよねー」

「もちろん。会うよ」

「てかさ、毎年会う日を決めるっていうのはどう？　お互いどんなにいそがしくても、その日だけはぜったいに会うの。もちろんべつにほかの日に会ったっていいんだけどさ、その日だけはぜったい」

なるほどね、と首肯する。いつがベストなんだろうと考えてみる。何となく、七月かな、と思った。水村との記憶を掘り起こすと、まだ本格的ではない夏の日差しがいつも脳裏に浮かぶ。

「七月とかどう？」

俺の思考を読んだかのように、水村が言った。

「あ、俺も七月かなって今思ってた」

「ほんと？　じゃあいいじゃん、七月にしようよ。七月の第三土曜日。どお？」

「いいね、そうしよう。どうしてもその日が駄目そうなら、相談ってことで」

「おっけー。決まり！　なんだか、どんどん決まりごとが増えてく感じするね」

はしゃぐ水村に、そうだなと曖昧に笑って答える。ノートも万年筆も全て水村が決めた事だ。増えていく約束事に俺は悪い気はしなかった。ノートもきちんと毎日つけているし、万年筆もちゃんと仕舞ってある。

窓の外を見る。日差しはさっきよりも強くなって、外の道路に木々がくっきりと影を作っている。もういつの間にか昼時だ。さすがに少し空腹を覚える。

「水村、今からうち来るか？」

水村がコップの中身に落としていた視線を上げる。いつも眠たげな眼を丸く見開いている。

「え、いいの」

「いいのも何も、お前んちだろ。それにお前が来ると、飯豪華になるし。ちょうど昼時だから、寿司かなんか頼んでくんないかなー母さん」

「ありがとう。坂平くん」

震える口元で笑みを作る。俺が距離を置いていた三年間、水村は両親に会いたかったに違いない。長い間寂しかっただろうな、と思う。そんな顔を見せようとはしないけれど。仮初の間でも、水村があの家で笑えるようにする。俺ができることはそれくらいだ。いつも与えられてばかりの俺が与えられる唯一のものだ。楽しげに会話をする姿を見て寂しくなることもある。あるけれど、でもきっと俺の役目なのだ。少しでも、水村が笑顔でいられるようにと願うことは。

30

「陸くんは仕事順調なの？」

「順調ですよー。ちょっと前まではすごくいそがしかったんですけど、いまはどうにか暇ができて、ちょっと一息ついた感じです」

「あらあそうなの。体はね、大事にしなくちゃだめよ、ほんとにね」

「そうそう。仕事はな、ほどほどが一番なんだよ。そうじゃなきゃ俺みたいに、ほら髪にきちゃうぞ」

「えー脅すのやめてくださいよー。これでも気遣ってるんですよ」

「その割には三十にもなってパーマとか染めたりとかしてるじゃん。ぜったい頭皮にくるね、それは」

「あらーいいじゃない。かっこいいし似合ってるわよ。ねえ陸くん」

「あはは。ありがとうございます」

他愛のない会話と共に水村家での食事は和やかに進む。所狭しと並べられた料理は皿の上からほとんど無くなっている。満足した腹を抱えて俺以外の三人はワインを飲み始めている。俺は運転があるからとオレンジジュースを飲まされている。

今夜の食卓はいつもより手が込んでいて、母親はいつもよりにこやかで、父親もいつもより饒舌（じょうぜつ）だ。年に一度顔を出すこの男のことを二人はいたく気に入っていて、もしかしなくても夫の涼より友好的に接している。妻としては何とも言えぬ気分だが、でも考えてみれば当然なのかもしれない。何せ、本当の娘なのだから。本能的なものなのだろうか。でも、と母を思う。少し寂しい気持ちになる。

「そんなにハンサムだともてるだろう、陸君は」

にやにやと笑いながら赤い顔の父親が水村をスプーンで指差す。普段は感情を表に出さないくせに、酒に酔うと表情筋が無遠慮になる。この調子で会社でセクハラとかしてないだろうか、と娘としては気になってしまう。

「いやあぜんぜんですよ。つきあってもすぐふられちゃうんですよね、おれ。なんでだろ」

「あらそうなの。それは残念ねえ。今はいい人いないの？」

「あ、いちおういますよ」

「あらそう。結婚とかはまだ考えてないの？」

「あーそれはまだいいかなって思ってて」

「三十だろ。まだ早い早い」

「そうね、男の人だったらまだ余裕あるわね。まなみが早くかたづいてくれたからよかったわ、ほんと」

「人を邪魔な置物みたいな言い方しないでくれる？」

「いやあでも俺はてっきり、まなみは陸君と結婚するもんだと思ってたんだがなあ」

父親の発言に、一瞬俺の中の時間が止まる。しかしこれまでも何度もこの二人の口からそういった不躾な言葉は飛び出してきていた。あんた、陸くんとつきあってるんじゃないの。結婚したい人を連れてくるって言われたとき、俺はてっきり陸君だと思ったよ。最近はその類の言葉はあまり聞かなくなったのだが。ちらりと水村の方に視線を向ける。困ったようにいやあそれはどうですかねえと笑っている。

「ないない。結婚どころか、付き合うのもありえない」

大袈裟なくらい手を振って否定する。そうかあ残念だなあ、と父親が笑う。

「陸君みたいな男が息子なら、俺も自慢できるんだけどなあ」

わはは、とわざとらしい笑い声を上げる。下がりきった眉毛と目尻が本気の無念さを隠した笑顔の象徴に見えて、正直あまりいい気分はしない。

「あら。私は陸くんのこと、ほんとの子供だと思ってるわよ」

母親がにこにこと笑いながら水村の肩を叩く。ひやりとしたものが背中を走った。水村の顔を見てはいけない気がして、慌ててテーブルに視線を移した。ありがとうございます、とおどけたように答える水村の声が聞こえる。いつもと何も変わらない普段通りの声だ。

「そういえば坂平君、また漫画借りていくんでしょ」

居た堪れなくなって、立ち上がる。水村は一瞬きょとんとした顔を見せるが、すぐに察して「あ、そうだね。借りていいかな」と席を立つ。

「ちょっとなによ、まだ食事中なんだからあとにしなさいよ」

「後だと忘れそうだし。すぐ戻るから」

小言を言う母親に背を向けて階段を上る。奥にある自室のドアを開け、電気を点けた。この部屋に水村を案内するのはかなり久し振りだ。少し緊張していた。

「あ、すごい、昔のまんまだ」

ぐるりと首を大きく回して部屋を見回す水村の表情は俺からは見えない。どことなく埃っぽいような臭いはするものの、清潔に保たれている。誰も読まないはずの漫画の背表紙には汚れ一つなく、窓のサッシにも埃は溜まっていない。もう絶対に使うことのない勉強机と椅子も捨てずにきちんととってあって、電気スタンドも当時と同じ傾きでそこにある。

全くあの日と変わらないこの部屋を見る度、複雑な気持ちになる。どうしても脳裏に浮かぶのは当時のことだ。この部屋に籠っては家を恋しがって息を殺して泣いてばかりいた。あまり良い思い出ではないのは確かだ。

水村はこの部屋をどう思っているのだろう。相変わらず表情は見えず、細長いうなじをじっと見つめた。いっそもう面影を失くしてしまった方が良いのかもしれないと何度も思った。それでもやはり、この部屋に手を付けることは俺にはできなかった。

「こんな少女趣味なお部屋で寝泊まりしてるんすか」

ベッドに腰掛け、水色のブランケットをぽんぽんと叩く。ようやく見えた横顔からは何の感情も読み取れなかった。

「お前の趣味だろ、お前の」

「だって少女だもん。当時は」

少し距離を保って、隣に腰掛ける。ベッドが二人分の重力で少し揺らぐ。ふわりと柔軟剤の甘い匂いがした。

隣の水村の横顔を見つめる。いつまでも変わらない、と思っていても、やはり近くで見ると相応に歳を重ねているのが分かる。少し太った気もする。でももちろん俺も同じだけ歳を取って、同じように変化している。

「陸くんのこと、ほんとの子供だと思ってるわよ、だってさ。どう思う？」

先程の言葉を反芻しながら、ゆっくりと問いかけてくる。俺は何と答えて良いか分からず、押し黙る。残酷な言葉だと思う。水村の両親が坂平陸という男に見せる愛想や歓迎は、他人に対してだからこそできることだ。本当の子供にだけ見せるぞんざいさやいい加減さはそこには存在しない。水村が本当に欲しているのはそちらなのに。聞こえの良い言葉で溢れた丁寧な愛情なんて、欲しいわけがない。

　ばすんと音を立てて上半身を横に倒し水村はベッドに沈み込む。突っ伏した顔から、くぐもった声が聞こえてくる。

「私、今日ここに泊まろっかな」

　くるくるとカールする後ろ髪をじっと見つめる。頼むから、泣いていないでくれ、と願った。顔を上げたその下の、白いシーツに染みなんて作っていたら、俺はどうしていいか分からなくなってしまう。

「多分大丈夫だと思うけど、荷物置いて来ちゃったんだろ？　取りに行くか？」

　急にがばっと水村が起き上がる。驚いて仰け反る俺の肩を、右手で拳を作って小突いてくる。

「冗談に決まってんだろー。泊まるわけないだろー」

　長い前髪に隠れてその表情は読み取れない。はぁと大きく息を吐いて、髪をかき上げた。そこにはいつもの水村の軽薄を装ったような笑顔があって、安堵すると同時に安堵している自分を恥じる。泣いている水村を慰めたり宥めたりする言葉や行動を俺は知らない。大丈夫だよと頭を撫でることすらできない。水村の泣く姿は、もう見たくなかった。

「もう平気、ありがと。帰るわ、送ってってもらっていい？」

分かった、と俺は頷く。水村がベッドから立ち上がって伸びをする。

俺たちは随分と奪い合って生きてきた。家族も友人も恋人も。奪い合って許し合って、狭い狭い秘密という殻の中で見付からないよう身を潜め肩を寄せ合い丸まって、十五年間生きてきた。もう慣れたと思っていたのに。それでもやはり唐突に秘密の代償が牙を剝くこともある。

水村が顔を埋めていた部分のシーツをそっと横目で確認する。白く綺麗なシーツには、汚れ一つなかった。

24

俺たちは約束通り、七月の第三土曜日に逢瀬を重ねた。会わない間も日記は毎日欠かさずつけていた。一日で一ページを埋めていくノートはもう二十一冊目になっていて、お揃いだったのは一冊目だけでそれからは互いに好きなノートを購入していた。交換した万年筆は未だに使い道が分からず、一度も使わぬまま引き出しに眠っている。

逢瀬の場所はもちろん異邦人だ。話題のほとんどは近況報告だった。二人で一年の空白を埋めるように話す。良かったことも悪かったことも自慢話も愚痴も。それが三回目ともなれば、互いの環境もがらっと変化していた。

二人とも大学を無事卒業し、就職した。俺たちの代は東日本大震災の影響もあり過去最低ともいえるレベルの就職難で、俺は内定を取るのにかなり苦労したが、水村はあっさりと二つ三つと次々に内定を奪い去っていった。やはり器用な人間はこういった場面でも遺憾なく実力を発揮するものなのだ。

俺は印刷会社の経理、水村は雑誌の編集の仕事にそれぞれ就いた。久し振りに見た水村のストレートの黒髪にはつい笑いそうになってしまった。俺の反応に不満げに唇を尖らせていたが、さらさらの前髪は随分と若く見えて高校時代を彷彿とさせた。

しかし三回目のその日、水村の髪は少し波打っていた。

「なんだよ、パーマ復活させたの？」

「まあね。やっぱ髪いじくれないのつまんなくて。会社のおっさんたちには色気づいてるとか言われたけど」

そう言う俺も大学に入ってからずっと伸ばしていた髪をばっさりと切った。耳の下くらいまでの長さのショートボブで、夏は涼しいし何より髪を洗ったり乾かしたりするのが楽で快適だ。

「なんで髪切ったの？　ふられたから？」

「ちげえし、ふられたわけじゃないっての」

「あれ？　ふったんだっけ？」

「そういうわけでもないけど。自然消滅に近いかな」

結局、俺と田崎はうまくいかなかった。要因はたくさんある。本当に小さなことの積み重ねだったと思う。埃が電化製品を緩やかに破壊していくように、細かなひびが少しずつ入っていって、そして割れた。どちらが悪いというわけではないと俺は思っているが、田崎が本当のところどう思っているのかは分からない。結局最後は碌々顔も合わせず別れてしまった。

そもそもやはり距離の問題はあったと思う。俺が学生の内は、田崎は働いているので、俺が田崎の都合に合わせて地元に向かうことの方が多かった。最初の方こそ気にならなかったが、だんだんと交通費という名の出費が負担になっていった。かといってそれを田崎に言い出すこともできず、どうにか切り詰めて通っていた。

俺が社会人になると、以前ほど融通は利かず、田崎が東京に来ることが増えた。田崎はその度に言っていた。東京なんて、人の住むところじゃねえな。

田崎は都会に並々ならぬコンプレックスを持っているようだった。家業のせいで地元を出ることができず、けれど東京に憧れを持つ自分を認めることもできず、ひたすらに俺の住む街を馬鹿にすることで自尊心を保っているように見えた。東京の水はまずい。東京は人が多くて鬱陶しい。東京の人たちは地元と違って冷血だ。当然のことながら俺もいい気分はせず、結局俺が地元に向かうようになった。

でも東京と違って地元には圧倒的に娯楽が少ない。遊んだりすることもなく、会っても飯を食ってセックスするだけで、だんだんと俺はその繰り返しにうんざりしていった。田崎もそれを察したのだろう、水村に相談していたらしい。詳細を訊いても水村は相談内容を濁していたが。

そうやって友人に頼るくせに、その友人に対しての嫉妬心も渦巻いていた。何かと言うと引き合いに出してくるのだ。どうせ俺は坂平みたいに都会的じゃないし、俺なんかより坂平との方がお似合いなんじゃないの。俺なんかじゃなくて坂平と付き合えばいいじゃん。最初は可愛く思えていたそのやきもちも、だんだんとただの醜い妬み嫉みに見えてくる。あんなに快活で朗らかに笑う田崎にも、暗い部分はあった。その事実も俺にはショックだった。友達の一人として接し続けていれば、そんなところ、見なくて済んだのかもしれなかったのに。

好きだったところが嫌いになり、許せていたことが許せなくなり、気になってもいなかった部分が鼻につき始める。きっとそう思っているのは田崎だって同じだっただろう。最後まで俺たちは本音をぶつけ合うことをしなかった。真剣になることを嫌って、不満を奥歯で嚙み潰して呑み込んだ。胃の腑に溜まっていく負の感情は二人をうんざりさせるには充分な重さだったように思う。

そして田崎を騙(だま)しているという罪悪感は最後まで消えることはなく、時折顔を出してはその都度俺を苦しめ続けていた。後ろ暗さを隠して笑い続けられるほど、俺は器用な人間ではなかった。

忙しくて、しばらく会えないと思う。ごめん。

実質それが別れの言葉だった。分かった、と田崎が言って電話を切った後、メールが来た。今までありがとう。

ああ、また一つ失ってしまった、と思った。糸を紡ぐのにはあんなに苦心するのに、ぷつんと切れるときはあっという間だ。それから、一度も連絡は取っていない。

田崎のことは、今でも好きだ。あの言葉に、あの行動に何度も救われたのは確かだった。でもたぶんその好きという感情は、友人として接していたときのものとも、恋人として一緒にいたときのものとも違う。だから、この選択が正しかったのだろう。

それが去年の夏の終わりの話だ。もう一度夏が来る頃になれば、感傷も随分と薄れた。

「新しい恋をしてるからでしょ、それは|」

にやにやと笑って両手の人差し指をこちらに向けてくる。指差すな、と軽く手をはたく。

「どういう人なのよ、坂平くんのハートを射止めた男は」

「どういう人って言われてもな。優しい人だよ」

「そういう模範解答は聞き飽きたんだって。まず容姿を詳しく教えたまえよ」

「教えたまえよ、ってなんだよ」

容姿。そう言われて蓮見涼の姿を脳裏に思い浮かべる。

第一印象は、熊みたいな人だな、だった。熊といってもツキノワグマやヒグマみたいな野性味溢れる凶暴なものではなく、プーさんとかパディントンみたいな、マスコットキャラクター化されたクマだ。

とにかく背がでかかった。百九十センチ近い身長で、体もジムで鍛えているとかで大きかった。シャツから覗く首や腕は丸太のようで、スーツが窮屈そうだった。その巨大な体を丸めて狭そうにデスクで作業をする姿がなんだかおかしかった。

大きな体躯とは裏腹に穏やかでにこにこと笑みを絶やさぬ人で、とにかく人当たりが良かった。いい人だよね、と皆口を揃えて言うようなタイプだ。いい人っていう形容しかできない人だよね、と揶揄交じりに言う女子社員もいた。正直俺もそういった印象しか持っていなかった。そもそも部署も違うし、ほとんど関わり合いになることがなかった。

親しくなるきっかけがあった。俺が経理の仕事をしているときだ。取引先から渡された手形を確認していると、一枚足りないことに気付いた。机の中も金庫の奥も、隅々まで探したけれど見当たらない。血の気が引いた。手形はすなわち現金と同じだ。それも、数百万単位の手形だった。失くしましたごめんなさいでは済まされない。全身から一気に汗が噴き出た。どうしよう。どうすればいいんだ。

そのとき、涼に声を掛けられた。はっきり言って、それどころではない精神状態だったので気もそぞろに返事をした。こんなときに用事言ってくるんじゃねえとすら思っていた。しかし彼は言った。

これ、捨てちゃまずいやつなんじゃないかと思って。

何故か気恥ずかしそうに手渡されたのは、俺が探していた手形だった。安堵で泣きそうになった。どうやら涼の部署に行ったときに余分な書類を捨てて、そのときに一緒に誤って挟まっていた手形も捨ててしまったらしい。それをたまたま涼が見つけてくれたのだ。

何度も何度も礼を言った。全然いいよと涼はいつものんびりした笑顔だった。考えてみれば、その時点で既に惹(ひ)かれ始めていたのかもしれない。

「まじか。チョロすぎるでしょ」

「うっせーなー。ピンチを救ってくれる男にクラッとくるもんだろ、女は」

「ついに坂平くんもいっちょまえに女を語るようになりましたか」

「まあな。何年女やってると思ってんだよ」

そんなこんなで涼と親しくするようになった。一緒に飲みに行ったり、休みの日に映画を観に行ったりするようになった。普通の同僚の範疇じゃないよな、とその度思ったりはしたが、自分が彼の中でどうカテゴライズされているか分からず、悶々としていた。それにそのときはまだ田崎と付き合っていて、涼もそれを知っていた。ただ俺の心が田崎から離れ始めてしまった原因の一つに、涼の存在があることは間違いないと思う。

だから彼氏と別れたと告げたとき、俺の中に微かな期待のようなものがあったことは否定できない。涼は、そうですか残念ですねとだけ言って、慰めも励ましもしなかった。

その曖昧な関係のまま十二月の半ば、涼から言われた。クリスマスイブ、もし空いていたら一緒に過ごしませんか。同僚とか友達とかとしてじゃなくて、恋人として。はっきり言って、そのときの俺はめちゃくちゃ舞い上がっていた。それでもその返事はすぐにしなかった。その夜、水村にメールした。告白されちゃったんだけど、どう思う？　涼のことは何度も話していて水村も知っていた。

よかったじゃん、つきあっちゃいなよ。そう簡素な返事がきた。

そして俺たちは、付き合うことになった。

「良かったら水村も今度会ってよ。めっちゃいい奴だから」

ああうん、そうだね、と珍しく歯切れの悪い答えが返ってくる。異邦人の店員が空になったコップに水を注ぎに来る。あのおばちゃんの息子で、最近はおばちゃんに代わって店に立つことが多いらしい。母親同様、客に無関心なのは助かる。

「いずれ元に戻ったとき、もしかしたらお前の恋人になるかもしんない相手だろ。会っとくに越したことないって」

「そっかあ。じゃあ、私のとも会ってもらわないとだなあ」

「お前はいいよ。どうせすぐまた変わるだろ」

「えーひどいなーそんなことないよー」

水村はまた恋人が変わったらしい。今度は男と付き合っているという。水村の愛情は男女平等に注がれている。世界が二倍に広がるからお得じゃん、と嘯いている。まるでだらしない奔放な振る舞いに見えたが、そうではないことは俺はよく知っていた。水村は空っぽの器だ。誰かがそこに入りたいと欲すれば、水村は断らない。きっと俺の体になった途端彼女を作り、あっさり童貞を捨ててしまったのもそのためだろう。誰でも受け入れてしまうのだ。それは俺を黙って認めてくれていた水村そのものなので、真面目かつ寛容な性格は何も変わっていない。きっと俺が俺の体のままだったら、当然だがこんな坂平陸にはならなかっただろう。

過去の自分が夢だったのではないかと思うときがある。今の俺が本当の俺で、過去の俺は偽物なのではないかと。怖くなる。男だった頃の自分を懐かしむこの感情すら、ただの妄想の産物なんだろうかと。

けれどこうやって水村と会うと安堵する。同じ体験をしている人間が目の前にもいる。俺のあの日々は嘘じゃなかったんだと胸を撫で下ろす。今更ながら俺は、年に一度会うという水村の提案に感謝していた。

しかしその年はもう一度水村に会うことになる。秋頃、水村から連絡がきたのだ。父が死んだ、と。俺の本当の父親が。

水村から電話が来たとき、嫌な予感がした、というのは今思い返すからそう感じるだけなのかもしれない。それでも水村から電話がかかってくることは滅多になく、妙だなと思ったのは確かだった。同棲(どうせい)している涼と並んでテレビを見ていたが、ごめんと断って電話に出た。

「もしもし？　いま、だいじょうぶ？」

「ああうん、大丈夫だけど。どうかした？」

ちらりと横の涼を見やる。テレビの音を消して、スマホに没頭するふりでこちらを気にしないようにしてくれている。ソファを立って離れたところに行こうかとも思ったが、なんだかやましさを露呈させるようで、深く座り直すだけに留めた。

「あのー、おちついて聞いてね。びっくりしないでね」

「なに、いいから早く言いなって」

なるべく男言葉が出ないように慎重に言葉を選ぶ。水村が大きく息を吸う音が電話越しに聞こえてくる。

「お父さん、死んじゃった。死んじゃったよ」

えっ。自分でもびっくりするくらい大きな声が出る。涼が一瞬こちらに視線を寄越し、またスマホに目を落とす。

「え、ちょっと待って。どっちの？」

「坂平くんのだよ。坂平くんの、本当のお父さんだよ。いまさっき、死んじゃった」

水村の声が潤んで滲む。おちついて、と声を掛けた張本人がかなり動転していた。無理もないだろう。俺も相当混乱していた。隣に座る涼の手を思わず握る。ごつごつしているのに柔らかい、大きな手だ。軽く握り返してきてくれる。そのお陰で少し落ち着きを取り戻して、頭の中で渦巻いていた疑問を一つ吐き出す。

「し、死んだって、なんで？　急に？」

「急だよ、ほんと急。ご飯食べてたら、急にもんどりうって倒れて。心筋梗塞だって。病院運ばれたけど、だめで。ほんと、いまさっき」

「ちょ、ちょっと待って。どうしよう、状況が全然摑(つか)めないんだけど」

「私だってわかんないよ。でも、死んじゃったんだもん。さっきまで手術してたんだけど、お医者さんが来て、だめだったって言ってて」

つっかえながらまくし立てる水村の声の向こうから、兄ちゃんと気だるげな声が聞こえてきた。緑だ、とすぐに分かる。電話機から少し離れたところで、わかったと水村が返事をする。

「ごめん、行かなきゃ。急に電話してごめんね。すぐ、知らせておいたほうがいいかなって。ごめん、また連絡する」

繰り返しごめん、と謝る声の後、電話が切れる。脳味噌(のうみそ)の中がぐちゃぐちゃのままスマホをソファの上に落とすようにして置いた。喉(のど)の奥が押し潰されそうな感覚に襲われて、うまく息ができない。

「大丈夫？」

涼が手を握ったまま訊いてくる。小さく一度だけ頷いて、頭を涼の肩に預けた。その頭を涼がぎこちなく撫でる。何も言わないでいてくれることがありがたかった。色々と尋ねられたって、俺だって何も答えられない。でも、傍に誰かいてくれていることでどうにか理性が保てている。

「涼は、いつも私がやばいときに傍にいてくれるから、ずるい」

「なんだよ、ずるいって」

「ずるいもんはずるいの」

父が死んだ。俺の本当の父親が。動揺こそしていたが悲しいという感情は湧いてこなかった。事実だけ一方的に突きつけられて、実感がないというのもあるだろう。耳に入ってきた言葉よりも、水村の上ずった声の方がその事実をありありと語っていた。

父の顔がうまく思い出せない。ただ記憶にあるのは、寝たふりをする俺の頭を撫でる大きな冷たい手の感触と、油の匂いだ。

心の中で、悲しんではいけない、という冷たい鉛のような決意が横たわっていた。だって俺はもうあの場所に家族を置き去りにしてきたのだから。だからもう関係のない人だ。一度少し話しただけの、ただの他人。けれどそうひたすらに自分に言い聞かせていること自体が、その決意を枷(かせ)だと感じている証拠だとも思った。

水村から電話が来た翌日、改めてメールが来た。昨日は取り乱してごめん、という一文から始まる文面には、父の死の詳細と、通夜と告別式の日程が書かれていた。あまりにも事務的で無機質で、やはり実感は湧いてこなかった。

淡々としたその文章の中には、こっちに来いというようなことは一言も書いていなかった。それでも俺は、せめて告別式くらいには参列したいと思っていた。今はもう他人かもしれない。でも、別れの挨拶ぐらいはしたい。

喪服を買って、一週間の有休を取った。涼には、親しい人が亡くなったからしばらく田舎に帰る、とだけ告げた。涼はいってらっしゃいとだけ言って、やはり深く詮索しようとはしなかった。

実家の両親は、俺が坂平陸の父親の葬儀に行くと聞いてあまりいい顔はしなかった。息子の方とは親しくしていて、毎年七月には家に連れてきているし、憎からず思っていることは確かだ。しかし俺が坂平家の母親に煙たがられていることを知っている身としては、快く送り出す気持ちにはなれないようだった。

俺にとってもそれは懸念だった。あの母の冷たく射竦める眼をどうしても思い出してしまう。それでもいい、と思った。それでも俺は、父に会いたかった。

けれど実際に葬儀場の前に来ると、足が竦んだ。会場の手前に受付があって、弔問客が列を作っている。そしてその少し先に、老齢の男と話している母と水村の姿が見えた。

二人とも、憔悴しきっているように見えた。母はその男と話しながら、時折嗚咽を堪える仕草でハンカチで目元を何度も覆った。その背中を頻りにさする水村の顔にも、遠目でも分かるほどくっきりと疲弊が見て取れる。そんな様子でも母はきっちりと化粧をしていて、夫の葬儀の日でも口紅を引かないといけないんだな、なんて思っていた。

その二人の姿を見て、俺はその場から足を動かせなくなってしまった。べっとりとした暗い感情が靴の底に貼り付いて、地面から引き剝がせない。

俺が顔を出したら、母はどんな顔をするだろう。睨まれるのはいい。唾を吐きかけられたっていい。でも、ただ泣きそうな顔で見つめられてしまったら、俺はどうしたらいいのだろう。俺の存在は、母の苦痛をただいたずらに増やすだけだ。

水村だってそうだ。もしかしたら本当は、あんな姿は俺に見られたくないかもしれない。義務感であのメールを送ってきてくれただけかもしれない。だって俺は水村のあんな姿は初めて見た。水村はいつだって、笑って俺を励ましてくれるような、そんな奴のはずなのに。

早くここから立ち去ろう。そう思っているはずなのに、鉛のように重い両脚は後退すらできない。父に会いたい気持ちと、そして、まだ母の姿を目に焼き付けていたい気持ちがあった。水村から話は聞いていたけれど、こうやって実際目にするのはこの街を出ていったとき以来だ。蓋をして、なかったことにしていたはずの感情が、溢れ出しそうだった。

「あの、水村さんすよね」

急に声を掛けられて、びくりとして振り向く。喪服に身を包んだ、煙草を咥えた男が立っていた。

「あれ、水村さんじゃない？　人違い？」

黒く野暮ったい前髪に、大きいが眠たげな目が、やたらとその男を気だるげに見せていた。少し舌っ足らずな喋り方も彼の脱力感を示しているようだった。誰だこいつ、とまじまじと顔を見る。白目がちの真っ黒な瞳がじっと俺を見据えていた。瞼の上まで覆われた重たい前髪の隙間から、右眉の上にほくろがあるのが見えた。

「もしかして、ろ、緑君？」

「あ、やっぱ水村さんだ。焦ったなあ、びっくりさせないでくださいよ」

ちっとも驚いていないのんびりした口調だ。煙草を一吸いして、息を吐いた。紫煙が晴れた空に吸い込まれていく。半分以上残った吸殻を、銀色の筒状の携帯灰皿に押し付けて捨てた。

「いや、こっちこそびっくりしたって。最初誰だか分かんなかったよ」

磯矢から助けてもらって以来の再会だった。六年という歳月は大きかった。背は当時よりさらに伸び、俺を見下ろしていた。相貌も随分と大人っぽくなっていたが、しかしそれにしても細過ぎだ。ちらりと見える手首はびっくりするくらい細い。真っ黒なスーツに咥え煙草と少しこけた頬は、あまりにも退廃的な雰囲気を放っていてこの場所にはとんでもなく不相応に見えた。

ちゃんと生きていけているんだな、と思った。当たり前のことだけれど、それが嬉しかった。胸の辺りが熱く、詰まった感覚があった。思わず「大きくなったねえ」と呟いてしまう。

「やだな、親戚のおばちゃんみたいなこと言わないで下さいよ」

ばつが悪そうに視線を逸らして、鼻の頭を頻りにこする。見覚えのあるその癖に、どこか怒りに似た懐かしさが込み上げる。同じ仕草だ。最後に会った、六年前と同じだ。ほんの六年しか経っていないから、当たり前だろう。でも、もう六年も経っているんだ。

俺の生きてきた六年が、俺が過ごした時間と同じだけ禄の中にも流れていて、それを知らないことがどうしようもなく悔しかった。ころころと顔を変える感情をどうにか嚥下して、ぎこちなく笑みを作る。

「あ、てか私のことよく分かったね。なんか女の人の顔とか覚えるの苦手って言ってなかったっけ」

「俺、そんなこと言ってましたっけ。今では女の子の色々を覚える方が得意っすよ」

禄がにやりとわざと下卑た笑いを浮かべてみせた。いつの間にそんな表情をするようになったのか。妙なむず痒さがある。

「てか、来てくれたんすね。わざわざありがとうございます」

「あ、そうだよごめん。この度は、ご愁傷様です」

慌てて深々と頭を下げる。何故かまた、ばつの悪そうな顔をされる。

「ありがとうございます。で、いいのかな。そうやって言われても、なんて返していいか分かんないんすよね、俺」

「確かにね。何て答えるのが正解なんだろうね」

「まあ別にね、こんな状況なんだし、正しい答えなんて言わなくていいんだろうなって思うんすけどね。家族で俺だけっすよ、こんなこと考えてるの」

緑が会場の方に視線を向ける。俺もつられて同じ方向を見る。さっきの老人と共に、会場に入っていく二人の後ろ姿が見えた。俺の記憶の中の母の背中よりも、ずっと狭く小さかった。

「母さんも兄ちゃんも、父さんが死んでから泣き通しで。今日なんかもう、忙しさに背中支えられてようやく立ってるって感じ」

「あいつ、泣いたんだ」

思わず呟いていた。緑が俺の方に視線を戻す。

「すげえ泣いてましたよ。わんわん泣いてた。正直、ちょっと意外でしたね。最近の兄ちゃん、家族には興味ないって感じで、あんまり実家にも帰ってこなかったし。昔の家族の話とか結構忘れてるし、ああなんかそんなもんなんだなって思ってたから」

水村の泣く姿はどんな風なんだろう。あの余裕に歪んだ口元が、くしゃくしゃに乱れる姿を想像する。腹の底がもやっとした。なんだろう、この感覚は。あまり心地好い手触りはしない。

急に押し黙った俺を禄がじっと見つめてくる。黒いビー玉みたいな、光のない瞳だ。からからに乾いていて、悲しみを湛えているようには見えない。

「禄君は、結構冷静なんだね」

「別に、悲しくないとかそういうわけじゃないすよ。ただ、表面張力っす」

「表面張力？」

「コップにぎりぎりまで水溜めたときのあれっすよ。あと一滴で溢れ出す、ぱんぱんに水が張ってる状態の、あれ。俺、今そんな感じなんです。悲しいし、泣きたい気持ちはあるんだけど、泣けないっていうか。あの人たちがやたら泣いたり取り乱したりしてたから、俺が冷静にならざるを得なかったってのはありますけど」

ちょっと煙草いいですか、と訊いてくる。俺がどうぞと言うよりも少し早く、ポケットから四角い箱を取り出す。一本取り出して火を点ける動作がいやに様になっている。一体、いつから煙草を吸っているのだろう。

「俺だってね、色々思い出したりしますよ。でもまあなんていうか、子供のときの思い出ばっかなんすよね。大学生の身分であれですけど、もう親がいなくても生きていけるようになりつつあるんだなって思って、ちょっとやっぱり寂しいす」

　以前磯矢から助けられたときも思ったのだが、禄の人を寄せ付けないような印象はあくまで印象に過ぎないようで、ひとたび口を開くと寡黙の仮面は外れて饒舌に言葉を紡ぐようだ。それが誰に対してもそうなのかは分からないが。煙草の先が乾燥した外気を吸い込んで、ちりちりと音を立てて赤く燃える。

「子供のときの思い出って、たとえば？　教えてよ」

「えー、まじっすか」

　禄が照れ臭そうに笑った。目尻にくしゃりと大きく皺が寄って、口の端から歯並びの崩れた八重歯が覗く。今日初めて人間らしい表情を見せたな、と思った。んーなんだろうなあ、と思案しながら白い煙を吐く。

「俺が六歳くらいの頃かなあ、まだ小学校に上がってなかったくらいの頃、雪がめちゃくちゃ降って積もったんすよ。んで、兄ちゃんと二人で、うちんちの駐車場で雪だるま作ってたんす」

　煙草を咥えたままで、雪だるまの輪郭をなぞるように両手で縦に丸を二つ作る。

「でもま、雪だるまって溶けちゃうじゃないすか。俺達それがすげえ嫌で、ちっちゃい雪だるま作って、冷凍庫入れようってなったんすよ。うきうきで作って家に持って帰って冷凍庫に入れてたら、母さんにめっちゃ怒られちゃって。こんなもん邪魔でしょ、捨ててきなさいって。仕方なくしょんぼりしながら、雪だるま外に戻して、泣く泣く諦めたんです。そしたら翌日、冷凍庫に何が入ってたと思います？」

「雪だるまの写真でしょ」

思わず反射的に口にしてしまう。父のエピソードの一つとして俺と禄が何度も話していたものの一つで、その情景は今でもくっきりと頭に思い浮かべられる。

俺の言葉に、禄が目を丸くする。重たそうな瞼が押し上げられるのを見て、しまったと思ったが遅かった。

「兄ちゃんから聞いたんですか、それ」

しかし予想に反した反応が返ってくる。言葉もそうだが、表情もだった。想像していた戸惑いはそこにはなく、何故か安堵のような面持ちだった。どうしてそれ知ってるんですか。どこかで俺はそう言われることを期待していたのかもしれない。俺の中に兄の面影を見出して欲しかったのかもしれない。だがそんな願望はあっさり打ち砕かれてしまった。

「そう。坂平君から聞いたの」

そんな顔をされてしまったら、俺はそう答えるしかなかった。そっか、と呟いて、煙草を深く吸う。

「そうなんすよ。父さんが写真撮って、冷凍庫に入れてくれてたんです。馬鹿でしょ、父さん。いやいや、そういうんじゃねえんだよって。結局母さんにこんなもの入れるなって怒られて、めっちゃしょげてましたよ」

　どうにか唇を笑みの形にしているような笑顔を俺に向けてくる。そして携帯灰皿に忙しなく灰を落とすと、洟を二度すすった。

「そっか。兄ちゃん、覚えてたんだ。なんだ、よかった」

　煙草を挟んだままの人差し指で、慌てたように目を拭う。しかしすぐに目頭に雫が膨らんでいく。恥ずかしそうに笑って、鼻と口を手で覆う。また洟をすする音がくぐもって聞こえてくる。

「あーなんかすんません。ちょっとやばいな、これ」

　そう言ってぎゅっと目を一度強くつぶる。眼球を覆っていた涙の膜が破れて、流水のように落ちてくる。それを手のひらで何度も何度も拭う。俺はその様子を、ただ黙って突っ立って見ていることしかできなかった。

「ごめんなさい、俺、そろそろ戻ります。なんかすんませんでした、急に変な話聞かせちゃって」

　携帯灰皿にフィルターぎりぎりまで短くなった吸殻を押し付けて捨てて、ポケットにしまう。全然いいよ、と俺は手をひらひらと振る。

「じゃあ、中でお待ちしてますんで。よかったら顔出してください」

ぺこりと頭を下げ、会場へと去っていく。その後ろ姿をぼんやりと見送る。おかしいな。いつも背を向けていたのは俺の方で、禄はそれを追いかけてきたのに。兄ちゃん待ってよ。走りながら泣きそうな声でそう叫ぶ禄が面白くて、何度も置き去りにした。やがて疲れてへたり込んで泣いてしまう禄を、俺は踵(きびす)を返して頭を撫でて慰めた。でも今は違う。俺に涙を見せようとしない。俺も禄の頭を撫でることはできない。そして禄は俺に背を向けて、俺は禄の背中を追いかけられず眺めている。

おかしい。どうしてこうなってしまったんだ。絶対におかしい。泣くことも堂々と弔うこともできず、なんで俺はこんなところで立ち竦んでいるんだ。

会場に背を向けて歩き出す。涙は一滴も出なかった。コップの中身は空っぽでからからに乾いていて、ただ外には出せぬ陰鬱な空気だけが渦巻いていた。

その翌日、朝起きたら水村からメールが来ていた。

『葬儀来てなかったよね。どうかした？』

あくびを一つ放って、ベッドから這(は)い出る。寝ぼけ眼のまま指を滑らせる。

『俺が行けるわけないじゃん。他人なんだし』

苛立(いらだ)ち紛れに、わざと棘(とげ)の見える言葉で返事をする。返信はすぐに来た。

『そうか、ごめん。禄くんが見かけたって言ってたから、来てくれたのかと思って』

はあ、と思わず溜息を吐く。昨日から何度吐いたか分からない憂鬱がこの部屋の中にまた一つ積もる。スマホをベッドの上に放り投げる。ぽすん、と布が受け取る音がした。

パジャマのままで階下に降りる。足音を耳にした母親が「おはよう」とキッチンから声をかけてくる。「おはよう」と俺も返す。卵の焼けるいい匂いがしている。

「ちょうど起こしに行こうと思ってたとこだったわ。朝ご飯できるわよ。顔洗ってきなさい」

「はいはい」

生返事をして、洗面台へ向かう。鏡に映るのはもうすっかり見慣れた女の顔だ。肌の手入れはかなり気を遣っていて、決して安くはない化粧水や乳液を通販で取り寄せている。化粧品代だって馬鹿にならない。美容院も月に一度は通っている。

一体俺は誰の為に綺麗であろうとしているんだろう。自分の為ではなく、男達の為でもなく、ただ一人の女の為だ。でもそれって意味があるんだろうか。この人生を守り続けることに、意味はあるんだろうか。

水を出して、顔を洗う。冷えた水が指先に冷たい。洗顔も化粧水も面倒臭くて、冷水を顔に二度叩きつけるようにすると、タオルで顔を拭き食卓へ向かう。

テーブルには朝食が並べられている。高校時代を思い出す。今の家では朝食なんてほとんど食べない。夕飯だって母親が作っているようなしっかりしたものを食べたりしない。お前が帰ってくると飯が豪華になるな、と父親がぽつりと呟いていたのを思い出す。

「そういえば、昨日はどうだったのよ」

席に着くや否や、待ち構えていたかのように母親が聞いてくる。昨日は外で適当に夕飯を済ませ、帰ってすぐ自室に引っ込んでしまった。

「結局、行かなかった。直前でやめた」

「あ、そうなの。そうね、それがいいわね。行かなくてよかったと思うわよ、うん」

どこか安堵した様子の母親に少し腹立たしくなる。どうも今日は朝から苛々する。そういえばそろそろ生理だな、と頭の中で前回からの日数を数えてみる。

「今日はどこか行くの？」

「いや別に、特に予定ない」

「あらじゃあ、ちょっといっしょにお出かけしない？　お母さんちょっと気になってたケーキのお店あるんだけど、お父さん絶対にそういうところつきあってくれないじゃない？　かといって一人で行くのも、なんだかなあって思ってて」

次から次へと母親の口から吐き出される言葉を、トーストを頬張りながら曖昧な相槌(あいづち)でかわす。とにかく眠気が酷(ひど)いのも生理前のせいだろうか。思考がうまくまとまらない。

　早々に食事を終えると、まだ食べている母親を残し食器をシンクへ持っていく。そのまま自室へ向かおうとすると、母親に呼び止められる。

「あらなに、お店つきあってくれるんじゃないの」

「別に今すぐ出かけるわけじゃないでしょ、ちょっと上で休んでる」

「どうしたの、体調でも悪いの」

「なんでもないってば、大丈夫」

　強めに足音を立てて階段を上る。部屋のドアを開け、そのままベッドに倒れ込む。倦怠感と眠気が体を覆っているのに、睡魔がやってくる気配はない。布団に包まったままスマホに手を伸ばすと、水村からまたメールが来ていた。

『よかったら今からうち来てお線香上げる？　夜までだれもいないし』

　その文面を見て逡巡する。今は水村に会いたくない。けれど、結局父にお別れも言えなかった。少し考えた後、画面に指を滑らせる。

『分かった。今から行く』

　メールを送るとパジャマを脱ぎ、部屋着のスウェットに着替える。薄手のジャケットを羽織ると、階段を下りる。リビングでテレビを見ている母親に声をかける。

「ちょっと、出てくるから」

弾かれるようにソファに沈めていた上半身を浮かせた。

「ええ？　ケーキは？」

「すぐ戻るから。行ってきます」

何時に帰ってくるのよ、という不満気な言葉に答えず、玄関の自転車の鍵を摑むと外に出た。風が冷たい。秋から冬に変わろうとしている空気の匂いがした。空を見上げると重苦しいグレーの雲が辺り一帯を厚く覆っていた。ペロは雨の気配を察知しているのか、犬小屋からじっとこちらを見つめているが出て来ようとはしない。

空模様を気にしながら自転車で坂平家へ向かう。ハンドルを握る両手の指が凍ったように冷たい。手袋をしてくればよかった、と後悔する。団地へ行く道は昔とほとんど変わっていなかった。クリニックは変わらず老人でごった返しており、ボロ屋敷はまだ取り壊されていない。公園もまばらだが人の姿が見える。もう来ることはないと思っていたのに。

団地は俺の記憶よりも薄汚れてうらぶれていた。落ちない汚れにまみれた白かった階段を上がって、部屋の前に着く。チャイムを押す。もうドアの外に自転車は置かれていなかった。

がちゃりとドアが開いて、水村が顔を出す。ぼさぼさの髪の毛で、上下ジャージ姿だった。ぶ厚い黒縁眼鏡をかけており、普段はコンタクトだったなそういえば、と思い出す。いつも着飾って会っている俺たちは、今日は完全に武装解除していた。

「いらっしゃい。どうぞ」

「おう」

いつも靴でごった返していたはずの玄関先はすっきりしていた。家に入ると、以前よりも物が減り幾分か片付いて見える。ただ空気が籠ったような匂いがした。悪臭ではないが、これがこの家の匂いなんだろうなと感じた。

「お父さん、ここにいるから。お線香上げてあげて」

奥の部屋へ続く襖を開ける。カーテンの閉め切られた暗い部屋の隅に、ぼんやりと笑う父の顔があった。水村が部屋の電気のスイッチを押す。ちかちかと一瞬点滅を繰り返した後、蛍光灯が光る。写真立てに飾られた父の写真と白い陶器の壺、そして脇に束ねられた線香が照らし出された。既に上げられた線香が銀色のコップの中に何本か差してある。

「ごめんね、まだ仏壇がないから、こんなみっともない形で」

「別にみっともなくなんてねえよ。しかたないだろ、昨日の今日だし」

この状態よりも、その言葉の方が父を小馬鹿にしているようで少しかちんと来る。写真立ての前で正座をして、線香を一本取り出し置いてあるライターで火を点ける。手で扇いで炎を消すと、煙を吐き出す線香をコップに差す。そして、目をつぶり手を合わせる。

父がよく見せていた困ったような笑顔を目の前にしても、悲しさが実感できなかった。最後の言葉をと思っていたのに、いざこの場に来て一体何と言えばいいか分からない。父さん、俺です、陸です。そう心の中で話しかけられたところで、父とて理解できないだろう。ほとんど知らない女が息子だと名乗っているなんて。俺は死んだ父にすら、息子だと思ってもらうことができない。

目を開けて、立ち上がる。慣れない正座に少し体がふらつく。水村がわざとらしくおどけた様子で俺の顔を覗き込んできた。

「なに?」

「いやーなんか長々と手合わせてるからさ。もしかして坂平さん、泣いてます? って思って」

へらへらとしたいつもの能天気な笑顔だ。分かっている。これは水村の優しさだ。水村はいつも俺のことを思って楽天的に笑っている。俺が追い込まれないように、いつも笑っている。本音をひた隠して、辛くてもそれをおくびにも出さず。

腹が立った。何様だ。お前なんかに、救われてたまるか。

「水村が泣いてくれたからね。俺が泣く分はもうないよ」

俺の皮肉めいた言い回しに、ぴたりと笑顔が固まった。それでもまだ口角は上がったままだ。

「お前はいいよな。遠慮なく泣けてさ。息子だもんな、坂平家の。存分に泣けるもんな」

「そんなことないよ。坂平くんだって泣いていいんだよ」

「泣けるわけねえだろ。葬儀に出られるわけねえだろうがよ。他人なんだよ、俺。坂平家とは何の関係もない女なの。そんな女がさ、線香上げながら泣けるわけないじゃん。考えろよ、常識的にさあ」

水村が困ったように眉を寄せて立ち尽くす。お父さんが亡くなったばっかだもんね、混乱しちゃうのは仕方ないよね。とりあえず落ち着くのを待たなくちゃ。そんな余裕に腹が立った。嗜虐心が積み上がる。その表情を崩してやりたくなる。

だっておかしいだろう。何が、いらっしゃいどうぞ、だ。何がお線香上げてあげて、だ。この家の息子面しやがって。俺だって泣きたかった。母と一緒に声を上げて泣きたかった。母の背中を撫でながら弔問客に頭を下げたかった。弟と父の昔話をしたかった。泣く弟の頭を抱いて慰めてやりたかった。弟の表面張力を振り切る一滴は、俺でありたかった。なのに。こいつは、俺から全てを取り上げたのだ。

俺は無理やり笑顔を作って、言い放った。

「言うわ、俺。母さんと禄に。本当の坂平陸は、俺です、って」

水村の眼鏡の奥の目が丸く見開かれる。遂に顔に動揺が宿って、ざまあみろ、と笑い出したくなる。

「本当のこと話すわ、全部。実は入れ替わったんだ、って」

「なに言ってんの、いまさら。そんなの、信じるわけないでしょ」

「そうかな。お前が知らない家族のこと、俺はいっぱい知ってるんだよ。それ言えば信じるんじゃないかな。禄だってな、お前のこと変だってずっと思ってたんだよ。俺の話聞いたら納得するんじゃねえかな。あ、やっぱりそうだったんだな、って。お前のこと恨むかもしれないな。何年も騙しやがって、って」

水村が短く溜息を吐く。厚いレンズの奥の目には俺を疎ましがる色がしっかりと刻まれていて、俺は思わずたじろぐ。俺が見たことのない水村の表情だった。

「とりあえず、おちつきなよ。いいから座れば」

水村が顎をしゃくって促す。ちらりと部屋の奥の父の写真に目をやる。笑顔の父が俺をじっと見つめているように見えた。電気を消して襖を閉め、椅子に座った。大きく足を組む。

「言っとくけど、俺落ち着いてるし、本気だからな」

水村が苛立たしげに人差し指の爪でテーブルをかつかつと何度も叩いた。

「頼むからさ、坂平くんさ。こんなときに変なこと言い出さないでよ」

「何がだよ。別に変なことじゃねえだろ」

「変なことだよ。いろいろ動揺してるんだなってのはわかるよ。でもこんなの、お父さんが死んだ数日後にする話じゃないじゃん」

「お前がお父さんって呼ばないでくれる？　お前の父親じゃないんだからさ」

テーブルを叩く音がぴたりと止まる。その手で前髪をかき上げると、今度は深く溜息を吐く。

「かんべんしてよ。じゃあ今まで私たちがしてきたのってなんだったの。なんのためにばれないように、いろいろ苦労してきたっていうの」

「だからさ、それが無駄だったんだって言ってんじゃん。最初っから言えばよかったんだよ。俺たち実は入れ替わっちゃったんです、ってさ。そしたら馬鹿みたいな苦労することなかったんだよ」

「ばかみたい、って」

もう一度前髪をかき上げると、急に椅子から立ち上がる。椅子の脚がフローリングに擦れて不快な声を上げた。冷蔵庫を開けると、麦茶の入ったボトルを取り出す。「いる？」と訊かれ、「いらない」と答える。水切り籠からコップを取り出し中身をつぎ、ボトルを冷蔵庫に仕舞う。一口麦茶を飲むと、そのコップをテーブルに置いてまた椅子に座った。

「私たちは、それでいいかもしんないよ。そりゃ、入れ替わりましたって言えばすっきりするもん。でも信じてもらえるかどうかなんてわかんないよ。たとえば坂平くんしか知らないことを言ったとしたって、どうせ相手から聞いたんだろって思われるのがオチだよ。それにまわりだって混乱しちゃうじゃん。知らない女から、おれ、あなたの息子なんですって言われて、すんなり受け入れられると思う？　むりに決まってるじゃん。だから私たちががんばって、どうにか戻れるまでは、ってしてたんじゃん。なのにそれを、ぜんぶむだだった、ばかみたい、って言うわけ？」

幼子の駄々を宥めるようなゆっくりとした言い回しが癪に障る。喉はからからに渇いていた。

「はいはい、そうだね。いつもの水村さんの優等生な模範解答だね」

「なにそれ、どういうこと」

「だってそうじゃん。周りの為に頑張ります、とかさ。超優等生だわー。俺はそんなこと聞きたいんじゃないんだって。お前は自分の母さんとか父さんに、自分は娘ですって言いたくないのかって訊いてんの。お前の本当の気持ちを訊いてんだよ」

「そりゃ、言いたいよ。言いたいに決まってるじゃん。けどさ」

「あーでもお前は充実してるもんな、俺と違って」

言いかけている水村の言葉を遮る。水村が俺を睨むように目を細め、麦茶に口をつける。

「俺の体を満喫してるもんな。恋人もできてさ、友達だっていっぱいいてさ。俺とは大違いだよ。高校んときからぼっちで、変態教師にセクハラされて、実の母親からは敵視されて。田崎とだってあんなことになっちゃってさ。ほんと羨ましいよ」

「なにそれ、ぜんぶ私のせいって言いたいの？」

「そんなこと言ってねえだろ。むしろ俺のせいだよ。友達がいないのも恋人と別れたのも。でもお前が、田崎と付き合うように仕向けなければ、また三人で遊んだりできたかもしんねえけどな」

「やっぱり、私のせいって言いたいんじゃん」

さっきまで努めて穏やかさを保とうとしていた口調は、もはや鋭さを隠そうとしていなかった。語尾がさっきよりも強くなっている。

「じゃあ言わせてもらうけど、坂平くんは私になんでも頼りすぎだから」

「は？　何それ」

「いちいち私に訊いてくるじゃん。この会社行こうと思うんだけどどう思う、とか、この人とつきあおうと思うんだけど、とかさ。やめてよそういうの、自分の好きなようにすればいいじゃん。勝手にしてればいいじゃんよ」

「何だよそれ。いずれ元に戻ったら、俺の今の生活はお前のものになるんだから、って思っていちいち訊いてんじゃねえか。親切心だろ、むしろ」

「なにが親切心だよ。私に責任おしつけてるだけじゃん。なにからなにまで私に委ねようとしないでよ。坂平くんがどこに就職しようがだれとつきあおうが、一切興味ない。坂平くんの人生に私を巻きこもうとしないで」

強く言い切られて、言葉に詰まる。冷たい刃を突きつけられて、ならば俺もと更に強い言葉の武器を探す。傷付けられた分よりもっと傷付けてやろうとしてしまう。どんどんと取り返しのつかないところへ行ってしまうとどこかで分かっていながら。

「結構それ、ショックだわ。俺、水村とは運命共同体みたいに思ってたから」

口調を湿らせると、眼鏡の奥の黒目がたじろいだように泳いだ。ここぞとばかりに畳み掛ける。

「でもまあ、これでよく分かったよ。お前、元に戻る気なんてさらさらないんだろ」

「え？　ちょっと待って、なんでそうなるの」

「だってそうだろ。充実した生活送っててさ、男を満喫しててさ、そんで俺がどんな人生送ってるのか興味ないとかってさ。戻る気ゼロじゃん」

「いや意味わかんないんだけど、そんなわけないじゃん」

「嘘つけよ。そりゃそうだよな、そりゃ色んなことやったところで戻れるわけねえわ。戻る気ない奴がいるんだもんな。本気で戻りたい、って思ってやってねえんだもんな。

戻れないの、お前のせいじゃねえか」

荒い口調のまま言い切る。水村は何も言わずじっと俺を睨んでいる。眼鏡の奥の切れ長の目から、ぽろっと水滴が落ちる。最悪だ。溜息を吐きたい気持ちを抑え、首をぐるりと回す。ぽきりと音がした。泣きたいのは俺だって同じだ。ただ感情の昂ぶりを表に出せるか否かの違いだ。躊躇なく泣けて、臆面もなく人前に涙を晒せる。そんなことをできるのが心底目障りで、そして羨ましい。

水村が眼鏡を外してテーブルに置く。その間にも目頭からは球状に膨れた涙がぽたぽたと落ちていく。禄と同じ泣き方だ、と思って、また苛立ちが募る。

「戻りたくないわけないでしょ」

鼻声でそれだけ言うと、テーブルの上のティッシュを何枚か出し、目を覆った。その仕草すらわざとらしく思えてくる。

「悪いんだけどさ、俺の顔で情けなく泣かないでくれる？」

ティッシュ越しに目頭を押さえるその指が一瞬ぴくりと止まる。そしてその指でティッシュをくしゃくしゃと丸めると、テーブルに放り投げる。そしてコップの中身を飲み干すと、静かに置いた。

「そろそろ出てってくれないかな。お母さん帰ってきちゃうから」

その言葉に、俺は何も言わず立ち上がる。無言のまま背を向けて、玄関へ向かう。

「私、今はじめて思った。べつにもう、一生このままでいいって」

靴を履いている俺の背中に、水村が呟く。

「俺も」

「そっか。じゃあ、もういいよね」

淡々とした口調だった。顔を見たくない、と思った。きっと俺が今まで一度も見たことのないような顔をしている。ただ、じっとりとした気配だけが背中にまとわりついている。

「そうだな。もういいよな」

それだけ答えると、背を向けたままドアを開け、外に出た。水滴が激しくコンクリートに打ち付ける音が聞こえて、空を見上げる。大粒の雨がぼたぼたと降り注いでいた。空を見上げるときは、いつも天気が悪い。

閉めたドアの奥から、がちゃんと鍵をかける音が聞こえた。拒絶によく似た音だった。

家にはびしゃびしゃに濡れたまま帰宅した。傘を差さずに雨の中を自転車で走ってきたのだから当然だ。グレーのスウェットを黒く染めて帰ってきた俺に、母親は慌ててタオルを持ってきて頭を拭いてくれた。どうしたのと詰問する母親に俺は、悪いけど今から帰る、仕事ですぐに戻らなくちゃいけなくて、とだけ答えた。

ばたばたと荷造りをし、逃げるように家を出た。とにかく一刻も早くこの場所から出たかった。母親が駅まで車で送ってくれるというので、甘えることにした。いつも饒舌な母親がずっと黙りこくっていて、フロントガラスに打ち付ける雨のばたばたという音だけが車内に響き渡っていた。もうすぐ駅という頃に母が、ケーキのお店今度行こうね、とだけ言った。俺は左右に振れるワイパーを眺めながら、そうだねと返した。

新幹線に乗り込む頃には、雨脚はだいぶ弱まっていた。席に座り、窓ガラスにしがみついた水滴を眺めているうちにいつの間にか眠ってしまっていたようだ。目が覚めると、間もなく東京に着こうとしていた。

スーツケースを引きずり駅を歩く。地元とは比べ物にならない雑踏の喧噪をすり抜けて、電車へ乗り込む。近くのサラリーマンに舌打ちされながら、満員電車で息を潜める。

どうしてか家に帰りたくなくて、ファミレスで夕飯を食べながら無為に時間を過ごした。家に着く頃には、時計の短針はてっぺんを通り過ぎようとしていた。涼は既に寝ているようで、部屋は真っ暗だった。なるべく音を立てないようにドアを閉め、玄関の電気を点け、気配を消して部屋に入る。ぼんやりとした橙色の光を背に、寝室を覗き込んだ。大きな体を折り曲げて眠る涼のシルエットが暗がりの中に見える。スーツケースを玄関に置いたまま、リビングへ向かう。ソファの脇に置いてある木製の白いチェストの、一番上の引き出しを開ける。奥の方を探り、四角い箱の感触を確かめながら引っ張り出す。学校から贈与されたまま一度もまだ開けていない、箱に入った万年筆を手に取る。

フィルム越しに万年筆を眺める。黒く光る体の隅に、金色で小さくRとSの文字が彫られている。それを箱ごと握り潰す。ぐしゃ、と音がして、硬い箱の角が手のひらに食い込んだ。そのままごみ箱を開け、中に放り投げた。

これで、本当の意味で、水村まなみとして生きていくことになる。本来の俺の体とは決別して、元に戻ったときのための準備をやめて。

だって仕方ないじゃないか。もう、つらすぎるんだ。いつか戻れるんじゃないかと期待して、どうかと願って眠りに就いて、絶望する朝を何度も繰り返している。だったら祈ったりしなければいいと思うくせに、心の中のどこかでやはり期待を抱いている。

その一方で、この今の生活を失ったらどうしようという、恐怖心もある。涼のことは好きだし、少ないけれど時々飲みに行く友人だってできた。好きでも嫌いでもないがようやく慣れてきた仕事だってある。元に戻るということは、それらを全て失うということだ。

それでもやはり、自分の居場所はここではないという気持ちも強い。父が死んで、余計にそう思う。

要するにぐちゃぐちゃだ。もうずっとこのぐちゃぐちゃどろどろした、色んなものが綯い交ぜになった奇妙な色の感情を抱えて生きてきた。もう限界だった。自分を偽るのも、誰かを騙すのも。

だから俺はそれが終わって今ほっとしている。俺の体に縋りつくように存在していた希望に、俺は切り捨てられたのだ。水村に射るように言葉を浴びせかけながら、早く俺を見捨てろと何度も願った。どうか、どうか早く俺から離れていってくれ。もう顔も見たくない、二度と会いたくないと憎々しげに言い放ってくれ。

そして結果、望む通りになった。きっともう水村と会うことはないだろう。母や緑とも、田崎とも。この体も、元に戻ることはおそらくもうない。そして初めて俺はやっと、自分だけの人生をきちんと歩んでいくことができる。そうすればきっと、えずくようなこの不安も消えてなくなる。

そのはずなのに。口を閉ざしたごみ箱の蓋をじっと見つめる。どうしてこんな、不安定な足場にひとり取り残されたような感覚に陥っているのだろう。

「まなみちゃん？」

背後から声をかけられる。涼だ。振り向きたくないな、と思った。きっと酷い顔をしている。

「どうしたの、帰るのもっと先って言ってなかったっけ?」

訝(いぶか)しげに問いかけながら、涼が近付いてくる。俺はくるりと振り返って、そのまま体当たりするように抱き着いた。涼が軽くよろけてたたらを踏む。

「結婚しよう、涼」

胸元に顔を埋めながら、更にしがみつく。寝起きのせいか体が温かい。どうにか居場所を作りたかった。一生傍にいてくれる誰かが欲しかった。そうでないと、この体で生きていける自信がなかった。

「え、何、どうしたの?」

「結婚して、涼。お願いだから。結婚して下さい」

涼が戸惑うように、その大きな手のひらで俺の頭をゆっくりと撫でる。こんなときですら、涼は何も訊かない。今はそれが何だかやたらと寂しかった。

こんなに寂しくて、苦しくてつらいのに、やっぱり涙は一滴も出てこなかった。

30

「うん、まどかはもう寝た。特に何もなかったよ」

十数時間ぶりの夫ののんびりとした声が、電話の向こうから耳に入ってくる。普段これだけ長い時間離れていることがほとんどないせいか、たったそれだけの別離でひどく懐かしく感じる。

「ならよかった。戸締りとか気を付けてよね。あ、あと風呂とトイレ掃除しといてね。どうせ暇でしょ」

はあい、と信用ならない呑気な返事が聞こえてくる。

「まなみちゃんこそ、あんま夜遅くまで出歩いちゃ駄目だよ。そっちらへん街灯少ないし、女の人は特にそういうところ危ないんだから」

その声が帯びた真剣さに、下手に茶化すこともできず、はいはい分かったよ、とあしらう。

女性という性別にだいぶ慣れたつもりでいても、表立って女扱いされると、どうにもむずむずする。だからといって踏みにじられたりするとそれはそれでげんなりしてしまうのだが。

どうやら男というものは、どんな男でも男であろうとしたがるらしい。見た目に反して気弱な涼ですらその傾向はあって、たとえば俺の方から手を握ろうとするのを嫌がる。自分から握りたいらしい。思い返せば、月乃君にも田崎にも、少なからずそういう部分があったように思う。男のそういうところは面倒臭いなと思うし、同時に可愛いなとも思う。

電話を切ると、助手席の水村がわざとらしくにやにやとこちらを見て笑っていた。

「何だよ、なんか文句あんの」

「べっつにい。きちんと主婦やってんなあと思って。あと、完全に旦那を尻に敷いてるなあって」

「いいんだよ、夫は尻に敷かれてるくらいの方が。大体尻に敷かれるふりしてこっちを手のひらの上で転がしてるんだから、あいつらは」

キーを回して、エンジンをかける。車が息を吐く音がする。ハンドルを握り、シートに深く腰掛け直した。

「お待たせ。んじゃ、行きますか」

「はあい。よろしくお願いしまーす」

「うわお前酒くせえ。運転手の目の前で酒がばがば飲みやがって」

「しゃーないじゃん、私免許ないんだし」

そんな会話を乗せながら、車は夜の町を走り抜ける。東京とは全く違った夜。外は街灯がぽつりぽつりとあるだけで真っ暗だ。人はほとんどおらず車通りも少ない。それでもたまにある信号機は律儀に働いている。

本当の闇はこんなに静かで怖い。だからこの世界に二人しかいないような気分になるし、どうでもいい話で沈黙を潰（つぶ）そうとする。

「坂平くん、入れ替わったとき、私のおっぱい触ったでしょ」

「何だよ急に。触ってねえし」

「えーなんで？　逆になんで触らない？　男女入れ替わりの醍醐味（だいごみ）じゃん、そういうの」

「はっきり言ってそれどころじゃなかったからね。股（また）から血だらだら出てるしさあ」

「まあそれはね、びっくりするよね。私もいじってたらなんか白いの出てきたとき、超びっくりしたもん」

「お前、そういうこと今言う？　セクハラで訴えんぞ」

「あ、そうそうセクハラといえばさ、磯矢捕まったって知ってた？」

「え、まじで！　何で捕まったの？」

「強姦（ごうかん）未遂らしいよ。なんかまたしれっと教師してたらしいんだけど、教え子襲おうとして、それが発覚して逮捕だって」

「まじか。でもなんかちょっと安心した」

「ね。ようやく制裁下ったなって感じ」

「ってかそういう情報どっから手に入れてくるわけ？」

「飯田くんだよ、あの人なんか知んないけどこの地域の情報ぜんぶ掌握してんだよ」

「何それこわ。なにもんなの、あいつ」

「ただのゴシップ好き野郎だよ。そういう話をしたいがためにこっち帰ってきてるんだよ、あの人」

「もはやおばちゃん化してんな。てか、飯田とかとも未だに会うんだね」

「ふつうに会うよー。帰るタイミング合ったら田崎くんと三人で飲んだりしてるもん」

「そうか。まあなんにせよみんな元気そうでよかったわ」

「元気、元気。二人ともそろそろ結婚したいって話ばっかしてるよ」

「結婚したいって原動力で相手を見つけるのはなかなか至難の業な気がするわ」

「お、既婚者のご意見ですか」

「そういうわけじゃないけどさ。俺もなんつーか、ノリで結婚しちゃった感あるしさ」

「それ、いっつも言ってるよね。でもべつに後悔してるとかじゃないんでしょ？」

「そういうんはないかな、今んとこ。まあ正直たまに、結婚してなかったらどんな生活送ってたのかなあって思うことあるけど。でも、まどかも可愛いし」

「やっぱ子供いるとちがう？」

「うん、全然違うかな。こう、無償の愛を注げる相手がいるって、なんつーかすげぇなって思うときあるよ。足枷（あしかせ）になるときがないって言ったら嘘になるけど、やっぱ原動力になるし。死んでる場合じゃねえ、ってなるよね」

「あー、いいねそういうポジティブな感じ。私もそうやって生きていきたいもんですな」


滑るようにお互いの言葉が静寂に包まれた夜に溶けていく。何の意味も生産性もない会話。それでも俺たちにとっては大事なことだった。自分がひとりではないということを確認するための言葉たちだ。孤独ではないことに、隣に水村がいることに俺は安心感を覚えている。けれど水村だけじゃない、俺は色んな人たちに生かされてきて、今どうにかここにいることができている。それは水村も同じだろう。たぶん人はひとりきりでは生きていけないし、ふたりきりでも生きていけない。

車はだんだんと母の住むアパートへ近付いていく。いつの間にか車の中には沈黙が降りていた。ナビに表示された時計を見る。午後十一時二分。今日という日が終わろうとしている。

「また一年後だねえ」

助手席で窓の外を眺めながら水村がぼそりと呟く。

「なんか年中行事みたいになってるよな。異邦人行って近況報告して、父さんの墓参りして、水村んちで夕飯食って解散、って感じで」

たしかに、と笑う声が聞こえる。

「今年でちょうど十五年だもんね。べつになにがあるってわけじゃないけど、ちょっと感慨深いよね、なんか」

そう水村が言って、また沈黙がやってくる。少しだけ開けた窓の外から、タイヤと道路の擦れ合う音が聞こえてくる。

「あのさ、水村」

「んー?」

「ちょっとさ、今から学校行ってみない?」

いいね、それ。にやりと笑って、水村がシートに深く座り直す。

この先、右方向です、と行き先を告げるナビを無視して、Uターンした。

27

「それじゃあすみませんお義母さん、よろしくお願いします」

何度目か分からない深々としたお辞儀を、涼がまた母親に向かって繰り返す。分かったから任せなさいって、と母親が苦笑を浮かべる。

「何かあったらすぐに呼んでね。すぐ行くから」

不安げに眉を寄せたその表情は小動物のようだった。体軀は熊のくせに。

「分かったって。ちゃんと連絡するから」

「よろしくね。体にはくれぐれも気を付けて」

「はいはい。分かったったっつうの」

俺の投げやりな口調を気にすることもなく、しゃがみ込んで俺の丸く突き出た腹を撫でた。大きな手のひらの形で熱が伝わってくる。

「じゃあね。元気で出てくるんだぞ」

慈愛に満ちた表情だ。どうしてこの人はこんな顔ができるんだろう、と不思議になる。今はまだ、腹の中で小さな臓器を抱えて蠢いているだけの得体の知れない物体だ。これが人間として生を受ける予定だなんて到底信じられない。それなのに夫は、いつも愛おしそうに俺の腹を触る。

男は出産経験がないから父親としての自覚が出てこない、なんて話をよく聞くけれど、涼を見ていると例外もあるんだななんて思う。だって俺よりも立派に親の顔をしている。

それじゃあ、とまた深々とお辞儀をして、父が運転席に座る車に乗り込んだ。俺と母が並んで手を振って、去っていく車を見送る。

「ちょっとまなみ、あんた言葉づかい少し気をつけなさいよ」

「えー何か言ったっけ？」

「言ったわよ。わかったたっつうの、なんて。涼さんが優しい人だからいいけどね、あんたはたから見たら下品よ」

「分かった分かった、気を付けますよ。ちょっとトイレ」

昔はあんなにかわいらしい言葉づかいだったのに、とぶつぶつ小言を言う母を置いて、トイレに入る。便座を上げ、腹を庇うようにしてしゃがむと、なるべく音を立てないようにしてえずいた。喉を溶かすような酸味がせり上がってきて、胃の中の物が逆流する。喉の中を消化しきれていない食物が通り、鈍い痛みが走る。舌の上を激しい苦みを残しながら滑り落ち、黄土色の液体がぼたぼたと便器の水に混ざっていく。

悪阻の時期はとうに過ぎたと思っていたが、今頃でも似たような症状が起こることがあると医師に聞いて納得した。吐き気は唐突に込み上げてきて、その度にトイレに駆け込んでは外に聞こえぬよう静かに吐いている。涼や母親には知られたくなかった。便器の中は噎せ返るような臭いが充満していた。トイレットペーパーを小さく千切り、口を拭いてそれと共に水を流す。

涼が父親らしい顔をする度、俺は不安に襲われていた。今から自分は母親になる。そんな実感がちっとも湧いてこない。いっそのこと、早く産んでしまいたかった。命なんかではなく、異物としてしか認識できない。にきびや吹き出物といった類の、余計な物を包容した大きな腫瘍にしか思えない。

けれど果たして、産まれたら本当にこの不安は解消されるんだろうか。

舌の裏に溜まっていく酸っぱい唾液を便器に吐き出して、もう一度流す。洗面台で口を濯ぎ手を洗い、リビングに戻る。母がぱたぱたとスリッパをフローリングに叩きつけながらやってくる。

「あんた、調子はどうなの。なんか顔色悪いわよ」

「うん、ちょっと疲れた」

「ああじゃあ、そこに布団敷くから。横になってなさい」

「いいよ、自分の部屋行くから」

「なに言ってるのよ、階段危ないでしょ。転んだらどうするの」

「大丈夫だって、階段くらいどうってことないってば」

みぞおち辺りに未だ渦巻く不快感で思わず語気が荒くなる。突き放すような言い方をしても、母は何食わぬ顔で、一段一段ゆっくり上がりなさいよと俺を見上げる。里帰り出産を選んでよかったと思った。きっと涼にも同じように当たり散らし、その後で自己嫌悪に陥り、更に苛々してしまうという悪循環になっていただろう。ろくに家事をすることだってできないのだ。この家でなら、思う存分甘えられる。親って凄いな、と思った。無条件で甘えることを許してくれるのだから。同時に、自分がそんな存在になるのだと思うと不安になる。

部屋に入って、倒れ込むようにベッドに横になる。多少だが吐き気が和らぐ。せり出した腹を撫でる。確かに、この中には何かが存在する。それを主張するように、腹の中で何かが蠢く感触が時折ある。でもそれは微かに身を震わせる程度のもので、よく耳にする「蹴った」みたいな感覚はない。ここにいるのは、本当に人間なんだろうか。そんなことを思いながら、目を閉じた。

妊娠八ヶ月に入る頃、定期健診の際に病院側から入院を勧められた。どうやら切迫早産の可能性があり、絶対安静の必要があるとのことだった。

切迫早産という単語に少し慄いたものの、医者は事もなげに話していて、その淡々とした態度に少し落ち着きを取り戻した部分はあった。俺よりも母親の方が慌てていて、医者に何度も質問を繰り返していた。

医者曰く、自宅安静でもいいとのことだったが、母親が万全を期すべきだと騒ぐので即時入院することになった。俺もその方がいいと思った。何せ今は家で横になっているだけで、父親は怠け者を見るような侮蔑の視線で俺を一瞥してくるのだ。

涼には結果的に事後報告になってしまった。そのことを謝ると、そんなことよりも大丈夫なの、と分かりやすく動転していた。

「大丈夫、切迫早産って別に珍しくもないらしいし、安静にしてれば問題ないらしいから」

電話越しに宥めようとゆっくりと諭す。病院は携帯電話禁止というイメージが強かったが、場所によってはそういうこともないらしかった。大部屋だが俺以外に入院患者はおらず、通話も許されていた。

「そんなこと言ったって、入院は入院でしょ。とりあえず、すぐにそっち行くから」

「ええ、いいよ大丈夫だよ。だってすぐに産まれるってわけじゃないんだよ」

「それは分かってるけど。顔見ておかないと不安なんだよ」

涼は意外と頑固なところがあるので、こうなってしまってはきっと折れることはないだろう。じゃあ待ってるから、と告げて電話を切った。

大袈裟だなと笑っていられた。このときまでは。けれど、日が傾くにつれてだんだんと俺の中で不安が増していった。考えてみれば、大病を患ったことは一度もなく、入院ももちろん初めてだった。

高を括っていたのかもしれない。漠然とした恐怖がだんだんと足元から這い上がってくる。死への恐怖だ。もし、このまま子供が無事に産まれなかったら。もし、出産がうまくいかず俺まで命を落としてしまったら。白く清潔な病室は死を連想させるには充分すぎるほどの場所だった。

外が暗くなり消灯時間になって、辺りが真っ暗になっても頭が冴えて眠れなかった。スマホで時間を潰そうと思ってもただ目が滑るだけだった。目をつぶってみても、瞼の裏で最悪の想像だけがくるくると繰り広げられる。こんなことなら、入院なんてしないで自宅療養を選べばよかった。布団を頭までかぶって、無理やり眠りに落ちようと強く目を閉じた。

翌日の昼には母親が様子を見に来てくれた。いつもは煩わしい小言やお節介も、このときばかりはありがたかった。それでも夜にはいなくなってしまう。ひとりになるのが怖かった。誰にも気付かれず、孤独に死んでしまうような気がした。大丈夫。不安な夜にもきっと慣れる日が来る。自分にそう言い聞かせて、母親には何も言わずいつものように接した。

けれど二日目の夜も恐怖心は和らがなかった。それどころか、更に増していくだけだった。おかしい。たかが出産だ。難病を患っているわけでもない。ただ子供を産むだけだ。みんなやってのけていることだ。けれど怖い。死にたくない。いやだ。早くここから出たい。逃げたい。死にたくない。怖い。いやだ。いやだいやだ。

激しい嘔吐感が込み上げてくる。まずい、と思ったときにはもう遅く、口いっぱいに広がる固形物を伴った液体の不快感に耐え切れず思わず吐き出す。真っ白なシーツに中身をぶちまけてしまう。吐くときはこちらに、と用意されていた容器もあったのに。絶望的な思いで汚れたベッドを見つめる。枕にまで飛沫が散っていた。激しい異臭を放っており、このまま寝るわけにはいかず、ナースコールを押す。しばらくして、看護師さんが小走りでやってきた。どうしましたか、と聞きながら汚れたベッドに目を落としている。その伏せた視線が俺を責めているように見えて、また口の中が酸っぱくなる。

「すみません、間に合わなくて」

本当のことを話しているだけなのに、どこか言い訳じみた後ろめたさを感じる。大丈夫ですよ、と言いながら俺を立ち上がらせ、てきぱきと汚れた布たちを片付けていく。まだ吐き足りなかったら吐いてくださいね、と言って差し出された容器に向かってえずいてみるが、吐き気はあっても異物がせり上がってくる感覚はない。

何度も看護師さんに謝り礼を言うと、清潔なシーツに横たわりもう一度布団に包(くる)まる。途端にまた吐き気が込み上げてきて、喉元まで逆流してこようとする液体を、唾液と共に思い切って嚥下(えんげ)した。焼け付くような感覚が喉の中を滑って落ちていく。激しい不快感が胸の奥で渦巻く。

どうして俺だけこんなに怖いんだろう。きっと誰しもが難なくできていることなのに。暗闇に浮かび上がる白い天井が、眼球を覆う水分でぼやける。泣いてはいけない、と目を見開く。こんなことで不安を感じていてはいけない。だって俺は普通の女の人がするように、最愛の人と結婚して家庭を持って、子供を産んで育てて母になって、そうやって生きていかなくてはならないのだ。普通にならなくちゃ駄目なんだ。こんなことで、怖がっている暇なんてない。

そう自分に言い聞かせれば言い聞かせるほど、眠気は不安に凌駕(りょうが)され、ただ瞬(まばた)きの回数を増やすだけだった。

入院して四日目、涼が来た。右手をひらひらと振りながら病室に入ってきた涼の顔を見た途端、一気に緊張の糸が緩んで、思わず泣きそうになった。それでも、どうにか涙を堪(こら)える。電話口であれだけ突っぱねたからというのもあるが、明日には東京に戻ってしまうであろう涼に不安を与えたくなかった。

「なんか、あんまり具合よくなさそうだけど。大丈夫なの？」

そう言って涼が顔を覗き込む。表情を見られたくなくて、思わず首をひねって顔を背ける。

「なんだよ、なんで顔逸らすの」

「今、すっぴんだから。あんまり見ないで」

「今更何言ってるの。もう散々すっぴん見てるよ」

「でも今肌荒れとかすごいし」

「そんなことないよ。いつも通り綺麗だよ」

「そんなことなくないの、やばいの。近くで見たらもう、超荒れまくり」

「分かった、分かったよ。近付かないから、こっち向きな」

宥めるように言われ、ゆっくりと涼の顔を見る。にこにこと柔和な笑みを浮かべるその顔を視界に入れてしまうと、今まで我慢してきた諸々が決壊しそうだった。

「色々、お疲れ様」

涼が布団からはみ出していた俺の手を握る。相変わらず大きくて柔らかい手だ。少し汗で湿っていた。

「涼、汗かいてるよ」

「あ、ごめん。外暑かったから」

照れたように笑って手を放すと、ズボンに手のひらをこすりつける。そしてもう一度手を握ってくる。まだ汗ばんでいるような気もしたが、何も言わず握り返した。

「今日、暑いんだね」

「もう七月だからね、夏が来たなーって感じするよ。でも、こっちの夏は涼しくていいね」

「そうかな。そんなに変わる？」

「うん。東京ほどムシムシした感じしなくて、気持ちいい暑さだよ。今日は曇りだからちょっと湿度高いけどね」

「そっか、今日曇りなんだ。ここにいると天気とか分かんなくてさ」

「カーテン閉め切ってるからだよ。開けようか？」

うん、と頷くと、涼がブラインドカーテンを開ける。大きな窓が外の景色を四角く切り取っていた。確かに空は曇天で、鈍色の雲が厚く重なっている。なんとなく窓を開けるのは躊躇われていた。きっと窓の外ばかり見てしまうだろうという予感があるからだった。空なんて、たまに見上げるくらいでちょうどいいのに。

その日の涼は饒舌だった。あまり自分から喋ることのない彼にしては珍しいことだった。俺を退屈させまいと必死になっているようにすら見えた。話しながら俺は、ただ静かに進んでいく時計の針ばかり気にしていた。面会時間が終われば、涼は帰ってしまう。そうしたら俺はまたひとりになる。やはり、涼には来てもらうべきじゃなかったのかもしれないと思い始めていた。今日の夜に耐えられる自信がなかった。こんな風に手を握って優しく話しかけられたら、俺はまた怖くなってしまう。

それでも空は暗くなる。曇り空のせいか月も星もない夜だ。やはり、カーテンなんて開けるべきじゃなかった。

「じゃあ、そろそろ帰るね」

小さく笑って、涼がずっと握っていた手を離す。名残惜しさを悟られないように、奥歯を噛み締めた笑顔で頷いたのに、すり抜けていく指を思わず掴んでしまった。驚いたように涼がこちらを見る。慌てて俺は手のひらを広げる。

「あ、あー。ごめん。なんか反射的に掴んじゃった」

「ごめんね。また来週の土日に来るから」

さっきまで俺の手を握っていた右手で、くしゃくしゃと俺の頭を撫でる。思わずその手を払いのけてしまう。

「別にいいよ、大丈夫。涼だって忙しいでしょ」

「気にしなくていいよ。最近は仕事もそんなでもないし」

「でも、こっちに来るお金だって馬鹿になんないじゃん。私は平気だから、大丈夫」

「そういうんじゃなくてさ、僕が会いたいんだよ」

った。

俺の中にある孤独感に、涼はきっと気付いているのだろうと思うと、惨めで情けなかったように笑みを浮かべる涼の顔が見える。最悪だ。こんなのただの八つ当たりだ。

思わず声を荒らげてしまう。慌てて、ごめんと呟いて視線を逸らす。視界の端に困

「うるさいな！　来るなって言ってるんだから来るなよ！」

「じゃあ、せめてお守り置いていくよ。それくらいならいいでしょ？」

俺が何も答えないでいると、涼が鞄を漁り出す。そして取り出したものを、俺に差し出してきた。反射的にそれを受け取る。

見覚えがある箱だった。紺色で、くしゃくしゃにひしゃげている。その箱の上面はフィルムで、中身が見えるようになっていた。

万年筆だった。黒い塗装に、金色で小さくRとSの文字が彫られている。あのとき、確かに捨てたはずの万年筆だ。それを、どうして涼が持っているのだろう。視線を手の中のそれに落としながら、思わず「なんで」と呟く。

「これ、捨てちゃまずいやつなんじゃないかと思って」

何故か気恥ずかしそうに、涼が笑った。

何も答えられなかった。何も答えられないまま、それを強く握った。

「ごめんね、勝手にごみ箱から引っ張り出してきちゃって。でもさ、まなみちゃん前

に言ってたじゃん、これは自分のお守り代わりなんだって。だから箱から出さないで取っておいてるんだ、って。それを捨てちゃうってことは、なんかそれなりのことがあったんだろうなって思ったんだけどさ。でもやっぱ僕は、捨てちゃまずいんじゃないかなって思ったんだ。いつ渡そうかずっと迷ってたんだけど、今日渡そうと思って、持ってきちゃった」

　声が出せなかった。何と言っていいのか分からなかった。ただただ息がしづらくて、喉元まで込み上げてくる何かを抑え込もうと何度も唾液を飲み込んだ。嘔吐感とは別物の、もっと熱く柔らかいものだった。

「余計なことだったらごめんね。持って帰るから」

　俺は何度も首を横に振る。どうしよう、何か言わなくては。膨張しきった感情が裂けて溢れそうだった。また強く握る。くしゃ、と箱が更に歪む音がする。

「涼は、ほんとずるい」

　かろうじて言えた言葉に、だからずるいってなんだよ、と涼が笑う。椅子から立ち上がって、俺を両腕で抱き締めてくれる。ふんわりと汗の匂いがした。でも嫌な匂いじゃなかった。右手に箱を握ったまま、俺も涼の背中に腕を回す。

「また来週も来て。絶対に来て」

　俺の言葉に、涼が俺の頭をゆっくりと撫でて答える。

「当たり前だよ。お守りばっかりに任せてられないもん」

誇らしい気分だった。俺の夫はこの人なんだと叫び出したい気持ちだった。この人を好きになって、本当によかったと思った。そしていつか涼にも、きっとそう思わせてみせると、そのとき俺は誓った。

涼は結局面会時間ぎりぎりまでいてくれて、そして帰って行った。俺は涼が帰ってからずっと、ベッドの上に置かれた万年筆と、手の中に握ったスマホを交互に睨みつけていた。

連絡先の一覧の中に、坂平陸の名前はまだある。でも、結局あの日以来水村とは何の連絡も取っていない。あちらからも何のアクションもなく、どうしているかも全く分からない。

それでいいと思っていた。俺が下した決断で本当に正しかったのだろうかと悩むことももちろん多々あった。それでも間違っていないと何度も自分に言い聞かせていたのだ。なのに、涼が持ってきてくれた万年筆で、俺の気持ちは完全に揺らいでいた。

だって本当は分かっていた。激しい死への恐怖の根底に、この体は自分のものではないという認識があるということを。このまま俺が死んだら。俺は水村以外に真実を知られないまま、この体で死んでいく羽目になるのだ。そう考えるとぞっとした。

それだけではない。俺が死んだら水村は、本来の自分の体を永遠に失うことになるのだ。その重責に毎夜俺は押し潰されそうだった。

結局またた。また俺は、自分が救われるために水村を利用しようとしている。一体今更何と声をかけるつもりなのか。そもそも、電話番号やメールアドレスが変わっていない保証なんてない。もしかしたらもう何も繋がる手段はないのかもしれない。

でも、それでも。震える指でスマホの画面をタップする。俺はきっと水村に謝らなくてはならない。たとえその先にどんな拒絶の言葉が待っていたとしても。

コール音が鳴った。耳の奥でやたらとうるさく響く。口の中が渇いて、舌の表面がやたらと粘ついていた。何コールその音を聞いただろうか。唐突にそれは途切れる。体中の血液が一気に逆流するような感覚に襲われる。

「はい、もしもし」

少し低めの男の声だ。どこか硬く、警戒と緊張感を伴う響きがある。息を静かに深く吸って、からからのまま口を開いた。

「もしもし、水村？」

沈黙が挟まれる。どれくらいの長さだったかは分からないが、その間俺は様々なことを考えていた。一体水村は俺に何と言うだろう。なんで連絡してきたのと冷たく突き放すだろうか。罵声を浴びせかけられるだろうか。それとも、そのまま黙って電話を切られてしまうだろうか。当然だ。当たり前のことだ。様々な予防線で自分の身を守ろうと、最悪の想像をいくつも頭の中で繰り広げる。

「坂平くん？　ひさしぶりー！　元気？」

でも返ってきたのは、何の邪気もない明るい声だった。思わず声を失う。そこには別れ際の険悪さも、三年間の空白も感じられなかった。

「げ、元気。水村は？」

かろうじて問い返す。元気だよー、とあの頃と何も変わらない口調だ。

そのまま、また沈黙が訪れる。一体俺は、水村に何と伝えるつもりだったんだろう。あのときはごめんねと、仲直りしようと言うつもりだったんだろうか。けれど水村は何もなかったかのようにしている。もしかしたら俺は、謝ることすら許されていないのかもしれない。

「う、嘘ついた。元気じゃない、俺。全然、元気じゃない」

慌てて思わず妙なことを口走ってしまう。え、どういうこと、と少し動揺した声が聞こえてくる。

「お、俺、今実は妊娠してるんだ」

「え、そうなんだ！　おめでとー」

「でも、ちょっと色々まずくて。入院してるんだ、今。かけてるのも病院からで」

「えっ。それ、だいじょうぶなの？」

「わ、分かんない。俺にも分かんないんだ。医者は、安静にしてれば大丈夫だって言うんだけど」

話しているうちに感情が昂っていく。さっきまで渇ききっていた口の中に、唾液が溜まっていくのが分かる。

「こ、怖いよ水村。俺、怖い。このまま死んじゃったらどうしようって、毎晩思うんだ。死んだら、本当に誰にももう会えなくなる。そ、それに」

洟をすする。視界がだんだんとぼやけてきた。水村は黙って聞いている。

「俺が死んだら、悲しんでもらいたい人に、か、悲しんでもらえない。ママとか、緑とか、田崎とか。本当は俺が死んだのに、お、俺が死んだって、誰も思ってくれない。それだけじゃなくて。み、水村が。水村にも」

「私？」

「水村にも。お、おれ、水村にも謝らなくちゃ。だって、死んだら、水村を殺すことになる。ご、ごめん、水村。いやだよ、おれ。死にたくないよ。怖いよ、水村。やっぱり、おれ、むりだったよ。水村の人生は、おれには、荷が重すぎたよ。ごめん、水村。ちゃんと、生きれなくて、ごめん。ほんとに、ごめん」

語尾は涙声で濡れて、もはや不明瞭だった。気付けば俺は泣いていた。誰にも言えなかった感情を吐き出して、それが安堵なのかそれとも高まった不安によるものなのかは分からなかったが、両目からはぼろぼろと涙が流れていた。冷静に自分を見つめる俺の中の俺が、恥ずかしい、と思っていた。こんな子供みたいに泣きじゃくるなんて、恥ずかしい。それでも涙は止まらなかった。濡れた頬を手のひらで何度も拭う。

「まあまあ、とりあえずおちつきなよ、坂平くん」

ぐずぐずになって泣きながら話し続ける俺を、水村の能天気な声が遮る。

「あのねえ坂平くん。人ってのはね、そうそう簡単に死なないもんですよ」

「そ、そんなこと、言われたって」

「わかるよ、坂平くんの気持ち。私もずっと、死ぬのが怖かったし」

「そ、そうなの？」

「そうだよ。入れ替わってから、ずっと怖かった。坂平くんの言う通り、このままだれにもほんとうの自分に気づかれずに死ぬのもやだったし、坂平くんの体を奪って死んじゃうっていうのもすごく怖かった。すぐ近くを車が通るだけでドキドキしたし、電車をホームで待つとき先頭に立てなかった。不便だったけど、免許取ることもできなかった。ずうっと怖かったんだよ、私も」

「し、知らなかった。そんなこと」

「そりゃあね。話したことないもん」

言われて思い返してみる。そういえば俺は、水村の話にきちんと耳を傾けたことがあっただろうか。俺ばかり話して、水村はただ笑っていたような気がする。いつも水村はどんなことを思っていたんだろう。どうして水村が、次々と二人の間の約束事を作っていったのか、俺は一度でも考えたことがあっただろうか。目の前に置かれた万年筆を見つめてみる。

「だから、不安になるなとは言わないけど。でも、気にしすぎるのもよくないと思うよ。って、私が言っても説得力ないかもだけどさ」

「で、でも。もしかしたらってこともあるかもじゃんか」

「そんなこと言ったらきりないでしょって。てか、私の顔で情けなく泣かないでくれる？」

唐突に言われ、きょとんとする。すぐに以前自分が発した言葉を返されたのだということに思い当たって、思わず身を硬くする。

「あー。あの、その節は、すみませんでした。本当にごめん」

「いいよもう、それはべつに。貴重な坂平くんの泣き声聞けたしね。顔を見られなかったのは残念だったけど」

「電話でよかった、マジで」

笑いながら、目の際に残った涙を指の腹で拭き取る。泣いてしまったせいか頭が鈍く痛かったが、不思議と気分はすっきりとしていた。溜まっていた膿を全て絞り出したような、そんな感覚だった。

「でもほんと、無事に産まれてくるといいね」

「そうだな。でも、俺まだ全然実感ないよ。いい母親、みたいなのになれる自信がない」

「そんなの、産まれてみなくちゃだれだってわからないって」

「でもさ、だけどさ、産まれてもそういう親としての感情、みたいなのが一切湧かなかったら？　愛せないなって思っちゃったら？　とかってさ、そう考えちゃうんだよ。そういうのもやっぱ、正直不安」

「ま、そういうこともあるかもしれないよね」

水村があっけらかんと答える。俺は少し脱力してしまう。

「なんだよそれー」

「だってそんなの、産まれてみなくちゃわからないでしょ。今から不安になるなんて、時間のむだだって」

「なんか達観してるなあ」

「ああでも、ちゃんと大事に育ててあげてよね。私の子供でもあるんだから」

「は？　どういうこと？」

「そりゃそうでしょー。だって私の体から産まれてくるんだもん。私の子供でもあるでしょ」

「マジかよ。その発想はなかった」

そう言って笑い合う。両肩に重くのしかかっていた憂鬱(ゆううつ)が、いつの間にか随分と軽くなっていた。やっぱり、水村はすごい。ほんの少し言葉を交わしただけなのに。同時に、後ろめたい気持ちにもなる。俺はちゃんと、与えられた分だけ水村に返せているのだろうか。

「水村、ありがとうな」

思わず口に出していた。どうしたの急に、と戸惑うような笑いが返ってくる。

「ずっと思ってたんだよ。俺、いつも水村に助けられてるなあって。考えてみたら、入れ替わってからずっとそうだったと思う。俺、どうやってもうまくいかなくて、水村の人生をどんどんめちゃくちゃにしていって、そんな自分がすげえ嫌だった。どうして水村みたいにうまくできないんだろうって思うと、ほんと情けなくて。でも水村が言ってくれた言葉で、俺はどうにか自分を嫌いにならずに済んでたんだ。そうやって、救われてたんだなって、今になってすごく思うんだ。俺は、水村に何もしてあげられなかったけどさ。でも、ちゃんとお礼くらい言わなくちゃって、なんか今ふと思って」

「なんだそれ。いきなり真面目モードか」

「えー、キャラじゃないかな」

「うん、ぜんぜんキャラじゃない」

なんだか急に照れ臭くなる。さっき泣いてしまったことよりも恥ずかしかった。それでも、言わなくちゃいけないと思ったのだ。ただありがとうと言っただけだけれど、たぶんずっと伝えたかった言葉だ。

「でも、私も坂平くんにずっと助けられてきたよ」

「え。そうなの」

「そうだよ。異邦人で、コーラとコーヒー飲みながら、向かいあって話す時間は私の救いだったよ。あのときだけは、なんにも怖くなかった。あの時間があったから、私はきっとあきらめないでここまで過ごせてきたんだよ」

そっか。短く相槌を打つ。その言葉に俺はまた助けられてしまう。

「まあ、私はいつでも坂平くんを救いつづけるよ。坂平くんが、いつまでも坂平くん自身の味方でいられるように」

俺は何も言わずに、万年筆をまたぎゅっと強く握った。異邦人や学校の踊り場で話してきたことを思い出す。人の目を盗んで、誰にも聞かれてはいけない会話をするのは、なんだかいけないことの相談をしているようで楽しかった。誰にもばれてはいけない悪事だ。いつだって悪事は、孤独ではいけない。

「ね、きょうすごい満月だよ。そっから見える？」

水村の言葉に窓の外を見る。昼間の曇天は今時分まで続いているようで、真っ黒な闇が空を食い潰していた。

「いや、見えない。今日こっち、ずっと曇りだったんだ」

「そっか。じゃあ、私が代わりに見ておくよ」

「何だそれ。俺の代わりに見といてくれるの？」

「うん、見といてあげる。だから、坂平くんは安心して眠っていいよ」

ふと、夜空を見上げる水村の姿が頭に浮かぶ。ガスで薄汚れた都会の空に、それでもきっと丸い月は白く煌々と輝いているのだろう。ありがとう、と小さくまた呟く。耳に届いているのかいないのか、水村は何も言わなかった。

そのとき、腹の中でぽん、と何かを叩きつけるような振動が起きた。思わず腹を押さえる。もう一度、軽い衝撃が中から起きる。

「み、水村。やばい。今、蹴った」

「は？　なにが？」

「子供！　赤ちゃん！　今蹴ったよ、腹ん中で蹴った！」

「えっほんとに？　ほんとに、赤ちゃんっておなか蹴るの？」

「蹴る！　蹴ってるわ、これ！　すごいよ、すごい脚力」

「ええーいいなあ、私もその感触味わってみたい。早く出たいって言ってるのかもね」

「おうおう、早く出てきてくれよ。母ちゃんはもうこの腹に飽きたよ」

「母ちゃんだって。うける」

「だって母ちゃんだもん、俺」

電波を介して、取り留めのない会話が続く。たぶん俺たちの人生はもうそれほど交わらない。きっと水村は生まれた子供の顔を見に来ることはないだろうし、俺も水村の結婚式に参列したりはしないだろう。でも、それでいいんだと思う。ただ俺たちは、また年に一度、七月に会う。会って話して、そしてまた来年ねと言って笑って手を振り合う。それだけで充分だ。それだけで俺たちは生きていける。誰かとの約束には、人を生かす力がある。

電話越しに水村が大きな声で笑うのが聞こえてくる。今夜は、久し振りにゆっくり眠れそうな気がしていた。

30

夜の校舎は昼間とは全く別の顔で佇んでいた。違う建物のようにすら見えた。当たり前だがどの教室も真っ暗で、グラウンドも大きく闇が口を開けているようにしか見えず、めっちゃ怖いと言った水村の言葉に同意しかなかった。真夜中の学校は怖いということは知っていたけれど、外観だけでこんなに不気味だとは。

「ちょ、中入るまえに一服していい？」

水村が拝むような動作をする。別にいいけど、と答えると、尻ポケットから煙草とライターを取り出す。一本咥えると、どこかぎこちない動作で火を点けた。

「なんだよ、いつの間に煙草なんて吸うようになったの」

「たまーにだけど、前から吸ってたよ。社会人になってちょっとしたくらいからかな。仕事でストレス溜まったときとか、緊張してるときとかに吸ってる」

「なに、緊張してんすか」

「正直、めっちゃしてる」

それは俺も同じだった。余計なことをしようとしているのかもしれないな、と夜の校舎を見上げて思う。半ば衝動的に来てしまったが、今は後悔とほんの少しだけ残っている好奇心が体の中にあった。

「俺にも一本ちょうだい」

「いいよ。吸ったことあるの？」

「いや、ない。人生初煙草」

水村が一本煙草を取り出して、渡してくる。俺がそれを咥えると、ライターの火を近付けてきた。火つけるから、息吸っててね。言われた通りにすると、ちりちりと煙草の先端が赤く燃えて、煙を吐き出した。口の中に苦味が広がる。口を開くと、紫煙の塊が空へ昇っていった。

「煙、ちゃんと肺まで吸い込まなきゃ」

「ああ、そうか」

水村に言われるがまま煙を肺に落とす。途端に喉が拒否反応を起こしたように噎せた。激しく咳き込む俺を見て、水村が小さく笑う。

それでも何回かそれを繰り返していると、だんだんとその作業に慣れてきた。ただ、いかにも有害そうな味が舌にまとわりつくだけで、美味しいとはとても思えない。

ふたりとも口を開こうとせず、ただ体に悪い気体を肺に送り込む作業を繰り返す。不思議と沈黙が苦痛ではない。だからみんな煙草を吸うのかな、とふと思った。

「よし、行こうか」

白い息を細く吐き出すと、銀色の筒状の携帯灰皿に小さくなった煙草の先端をこすりつけ、捨てた。どこかで見たことがあるな、と思ったら、以前緑が使っていたものと同じだった。よくよく見ると随分と使い込まれている。なんだかんだ言って、それなりにうまくやってるんじゃないか。俺はちょっとだけ安堵して、そしてちょっとだけ嫉妬する。

煙草を吸い終えて、それでもまだ水村の横顔からは硬さが取れない。その緊張感は、夜の校舎に勝手に侵入する後ろめたさからくるものだけではもちろんないだろう。きっと、万が一の可能性に思いを巡らせている。そして、その可能性に恐怖心を抱いている。それは俺も同じだった。元に戻ることは、俺達の長い間抱いてきた望みだ。けれどそれが今は、こんなにも怖い。

「水村」

声をかける。今にも泣きだしそうな顔で水村がこちらを見る。俺は右手をゆっくりと高く上げた。一瞬呆気に取られた顔をして、すぐに破顔する。そして水村も同じように右手を高く上げて、その手のひらを俺の手のひらに叩きつける。ぱあん、と破裂に似た音が、夜の校庭に響いた。厳かなふりをした静寂を裂いてやった気分で小気味良かった。

「男子っぽいことするじゃん」

　水村はそう言ってにやりと笑うと、よし行こうか、ともう一度繰り返した。

　スマホのライトで辺りを照らす。それだけでもう完全に悪事を働いているような気分だった。二人で重く口を閉ざしている正門をよじ登り、学校内へ侵入する。俺たちは足音を響かせないようにゆっくりと歩く。喋ったら何か罰が下ってしまうかのように、二人とも口を開かなかった。なんだか心地よい静けさだった。

　プールを囲う塀のところまで着く。正門よりも高かったが、どうにかこうにか二人で越え、プールサイドへと降り立つ。

　星と月に照らされた水面はさぞかし幻想的だろうと思っていたが、闇で揺蕩う水は不気味にうねっており、目を凝らすと葉っぱや木の小枝がちらほらと浮いているのが分かる。

「ここまできてなんだけど、プールの水って毎日抜かないんだね」

　水村がライトでプールを端から端まで照らしながら言う。何か潜んでいないか確認しているかのようだ。

「さすがに毎日毎日こんな大量の水入れ替えるのは大変なんじゃない」

　静かに揺れる水面を二人でじいっと見つめる。俺たちは、どちらからともなく手を握った。水村の手はびっくりするほど冷たかった。蒸し暑い夜にはちょうどよかった。

　思わずぎゅっと強く力を籠める。水村もそれに返すように、強く手を握った。

「水村はさ、女に戻れたらいいなって思ったこと、ある？」

「そりゃあるよ、何度も思ったことある。でも、男の人生もそれはそれで悪くはないよ。おかげさまで、楽しくやらせていただいてます」

「じゃあさ、男と女、どっちがいい？」

「えー。それ聞いちゃう？」

水村が俺の手を握ったまま笑う。

「やっぱり、女でいたかったって思うときもある。でもさ、結局ないものねだりなんだよね、これ。夏の暑さの中にずっといると、早く涼しくなれとか冬のほうがよかったとか思うでしょ。でも冬になると逆のこと思ったりするじゃん。ほんと、そんなかんじ。女に戻れたとしても、私たぶんすぐ男のほうがよかったって言いだすと思うよ」

「なるほどね。言い得て妙だな」

「でしょ」

恐怖心も緊張感も高揚もいつの間にか消えていて、不思議と凪(な)ぐような静かな気持ちになっていた。ただ、やらなくてはならないような気がしていた。その結果どうなったとしても。

「じゃあ、行こうか」

俺が声をかける。水村が手をほどいて、そしてまた握り返す。

「うん、行きますか」

いっせーのー、せっ。

俺たちは両足を屈(かが)めて、そしてプールへと飛び込んだ。

静寂に飛沫の音が散った。空気を掻(か)き乱すような音だった。目はぎゅっとつぶったままで、耳の奥でごぼごぼと水が渦巻いていた。水中に放り投げられた体がふわりと浮く。あのときもこんな感じだっただろうか。あのときの俺は、一体何を感じていたんだろうか。

手を繋いだまま、俺達はほぼ同時に水面に顔を出した。鼻に水が入り込んで、噎せて咳き込む。

「やばい!」急に水村が叫ぶ。「私、荷物置いてきちゃったんだった。着替えがない」

「あ。俺も、家帰んないと服ないんだった」

濡(ぬ)れた髪をかきあげる。思わず笑ってしまう。笑ってる場合じゃないでしょー、と言いつつ、水村も笑っている。パーマをかけた髪の毛が更に強くうねっている。

水を吸った服を引きずるようにしてプールから這(は)い出ると、プールサイドに並んで腰かける。体温が奪われたのか少し寒い。水につけた足首が温かかった。

「入れ替わるかなあ」

水村が水面を蹴飛ばす。雫が跳ねる。その声には不安も期待も宿っていないような気がした。

「明日、起きてみてからですかね」

「飛び込むときちゃんと、入れ替わりますように！　ってお願いしてから飛び込んだ？」

「いや。明日の夕飯何作ろうかな、って考えてた」

「えー、だめじゃん！　本気で戻りたい、って思わなきゃだめなんだよ？」

「なんかどっかで聞いた台詞だな、それ。そういう水村は何考えてたんだよ」

「月末に海行くんだけど、それ用に水着買いに行かなきゃなーって考えてた」

「お前も駄目じゃん」

そんなことを言いながら笑い合う。

このまま帰って寝て、そして目が覚めて。目の前に広がる景色が全く変わってしまっていたら、きっとまた俺達は戸惑いまくるだろう。久し振りの本来の自分の体に困惑するに違いない。そしてお互いがしたためたノートを確認し合って、万年筆を交換するためにまた会う約束をする。

そういうのでもまあ、悪くはないのかもしれない。きっと俺たちなら、どうにかやっていけるような気がする。

「見て、めっちゃ満月」

水村の声につられて、空を見上げる。街灯の少ない濃い闇の中に、丸い月と星が夜をくり貫くように光っていた。二人して並んで、口をぽかんと開けてそれを眺める。

「空とか、あんまこうやって見ることないよね」

水村はどこか楽しげに言うと、滴る額の水を手の甲で拭った。かつて俺だったその横顔を見つめる。俺の代わりに、十五年間必死に生きてきた俺の姿を。

泣いてはいけないと、きっと俺たちはお互い思っていた。この顔で涙を流してはいけない、悲しむ姿を見せてはいけないと。けれど、もしかしたらたまにはそれもいいのかもしれない。どんな表情だって、二人だけのものなのだから。

「俺、入れ替わったのが水村で良かったと思ってるよ」

自然とその言葉を口にしていた。水村がきょとんとした顔で俺を見る。そして、それ私も今言おうと思ってた、とにやりと口元を歪める。嘘つくなよ、と軽く肘打ちする。

誰にも言えないことを言い合える人がいるということは、案外悪くないものだ。誰も知らなくていい。ふたりだけが知っていればいい。誰も見たことのないふたりだけの奇跡で、幾度も苦しんだりしながら、それでも互いに救い合って、言葉を交わし合っていければそれでいい。

そして、秘密も悪事もふたりで半分こして、こっそりと生きていこう。
それはたぶん、ひとりきりよりはずっと楽しいはずだから。

アナザーストーリー　【Side M】

27

幼いころの夢は、お嫁さんになることだった。小学校低学年のとき、なにかの授業でその言葉といっしょにウェディングドレス姿の自分の絵を描いた記憶がある。

時が経つにつれ、その夢を口にすることはだんだんとなくなっていった。それでも、心のどこかでは思っていた。いずれ自分はだれかを好きになり、そのだれかと結婚し、子供を産み、幸せな家庭を築くのだと。

けれどその望みは奪われた。目の前に立つ、この男に。

鏡に映る自分の姿をじっと見つめる。その男は口元にうっすらと無精ひげを生やし、一糸まとわぬ姿で私を睨み返してくる。

ぜんぶ嫌いだった。いくら剃っても生えてくるひげも、脚や腕を覆う濃い体毛も、妙に筋肉質で骨ばった体も、股間にだらりと垂れただらしないものも、無意味に湧く性欲も、汗っかきな体質も。すべて大嫌いで、その嫌いなものがすべて自分のものなのだと鏡の前に立つたびに思い知らされ、何度も声を殺して泣いた。この体を押しつけて、そして私のすべてを手に入れた男を憎んでいた。

「なに自分の姿に見とれてんの」

ベッドの中から瑞穂（みずほ）が半身を起こし、声をかけてくる。ごまかすように笑って、脇腹の肉をつまむ。

「いやあ、最近太ったなあと思って。筋トレでもしようかな」

「そんなことしなくても、陸（りく）ちゃんはあたしの好きな陸ちゃんだよ」

「まじ？　ありがと」

にやっと唇をゆがめると、再び瑞穂はベッドに体を沈めスマホをいじり始める。私は鏡の前から離れると、トイレへ向かう。

瑞穂とのつきあいはもう八年ほどになる。大学の同級生で、お互いに恋人がいないときにこうやって会っては定期的に性欲の処理をしている。

あたし、あんたの顔超好きなんだよね。だから一発やらせてくんない？

そう言われたときはさすがにぎょっとした。でも、すぐに返事をした。いいよ、やろっか。一発どころか、それからずっと関係は続いている。

正直それほど端整な顔立ちとも思えないけれど、この見た目が好きだと言ってくれる人は何人かいた。初めての相手となった女の子もそうだ。一目惚（ひとめぼ）れしました、よかったらつきあってください。高校の別のクラスの子だった。

妙な感覚だった。私が大嫌いで憎んでいるこの姿を、好きだと言ってくれる人がいる。それだけでなんだか、存在していてもいいんだよと認めてもらったような気がして、すごくうれしかった。

それから自分のことを好いてくれる人に対しては、男女問わず拒むことなくつきあったり一夜を共にしたりするようになった。そのせいでヤリチンだの脳みそが下半身についてるだの揶揄されるようになってしまったが、まあしかたないよねと思う。私だってまわりにそんな男がいたら、同じように軽蔑する。

どうして急に幼いころの夢なんて思い出してしまったんだろう。理由は簡単だ。七月だからだ。年に一度、七月に会おうと私たちは約束した。けれど、その約束は潰えてしまった。

あのときの最後のやり取りを思い出すと、いまだに内臓を握りつぶされるような、そんな感覚に陥る。坂平くんの気持ちも、もちろんわかる。それでもあのときの彼が発した言葉は、私の今までの想いを傷つけるのにはじゅうぶんだった。

トイレから戻ると、瑞穂が私のスマホを手に取り、「陸ちゃん、電話きてる」とひらひらと振った。サンキュ、と言いながら受け取り、画面を見る。水村まなみ。その表示にどくんと大きく心臓が鳴る。

どうしよう。なんで。なんで今更。躊躇している間にもしつこく着信音は鳴り続ける。瑞穂が怪訝な顔つきでこちらを見てくる。私は床に丸まっているパンツを穿くと、テーブルに置きっぱなしにしていた煙草を手に取り、ベランダへ出た。

着信音は鳴りやまない。煙草の箱を握りしめると、私は通話ボタンを押した。

「はい、もしもし」

嗄れた声が出た。耳の奥で、小さく息を吸う音が聞こえる。

「もしもし、水村？」

女の声がした。かつては自分のものだったのに、もうその喋り方も口調も自分のものとは到底思えない。どこか縋るような声色に、なんと言ってやろうか思案する。なじってやろうか、それとも冷たく突き放してやろうか。逡巡してみたところで、いつものように口元は勝手に笑みを作り、不必要に明るい声を出す。

「坂平くん？　ひさしぶりー！　元気？」

一瞬、電話の向こうで絶句する気配がした。いったいどんな返事を望んでいたのだろうか。元気、と答える声はとても元気そうには聞こえない。すると「嘘ついた」と絞り出すように伝えてくる。

「元気じゃない、俺。全然、元気じゃない」

え、どういうこと、と思わず問い返す。

「お、俺、今実は妊娠してるんだ」

その言葉に、今度こそ私は声を失う。結婚していたことすら知らなかった。そして、子供が生まれるという。私がかつて欲しかったもの。今はどうあがいても、手に入れられないもの。

「え、そうなんだ！　おめでとー」

白々しく聞こえないように、どうにか明るい声を出す。しかし、さっきから坂平くんの反応は暗い。少なくとも、新しい命の誕生に喜びを抱いているようには感じられない。

「でも、ちょっと色々まずくて。入院してるんだ、今。かけてるのも病院からで」

「えっ。それ、だいじょうぶなの？」

「わ、分かんない。俺にも分かんないんだ。医者は、安静にしてれば大丈夫だって言うんだけど」

坂平くんの声がだんだんとうわずっていく。そして、怖いよ、と呟いた。こ、怖いよ水村。まるで私に助けを求めるかのように。

「俺、怖い。このまま死んじゃったらどうしようって、毎晩思うんだ。死んだら、本当に誰にももう会えなくなる。そ、それに。俺が死んだら、悲しんでもらいたい人に、か、悲しんでもらえない。ママとか、禄とか、田崎とか。本当は俺が死んだのに、お、俺が死んだって、誰も思ってくれない。それだけじゃなくて。み、水村が。水村にも」

「私？」

「水村にも。お、おれ、水村にも謝らなくちゃ。だって、死んだら、水村を殺すことになる。ご、ごめん、水村。いやだよ、おれ。死にたくないよ。怖いよ、水村。やっぱり、おれ、むりだったよ。水村の人生は、おれには、荷が重すぎたよ。ごめん、水村。ちゃんと、生きれなくて、ごめん。ほんとに、ごめん」

どんどんとうわずっていく声、洟をすする音。あ、泣いている、と思った。そういえば、私は坂平くんの泣いた姿を見たことがない。実の親が亡くなったときでさえ、彼は涙を流さなかった。ただじっと張り詰めた瞳で、唇を嚙み私を見つめていた。

子供のようにしゃくりあげて泣くのを聞きながら、私はどこかで安堵していた。泣けばいいのに。泣いてくれたらいいのに。ずっとそう思っていた。そうでなければ、私が泣いてしまいそうになるから。

到底泣きやみそうにない坂平くんに思わず苦笑しながら、私はようやく口を開く。

「まあまあ、とりあえずおちつきなよ、坂平くん。あのねえ坂平くん。人ってのはね、そうそう簡単に死なないもんですよ」

「そ、そんなこと、言われたって」

「わかるよ、坂平くんの気持ち。私もずっと、死ぬのが怖かったし」

そうなの？　とまだ涙の枯れぬ様子で問い返される。そうだよ、と答える。

この体はずっと借りものだと、そう思って生きてきた。そうやって生きてきた十数年間はひどく窮屈だった。風邪を引いたり怪我をしたりするだけでぞっとした。

坂平くんも、きっと同じなのだろうということはわかっていた。水村まなみという人生を、大事に大切に生きようとしてくれているのはじゅうぶんすぎるほど伝わっていた。でも、それは私にとって苦痛だった。まるでずっと監視されているような日々。おまえもそうやって生きていくべきだと囁かれているような。

だから私は高校卒業前、彼に伝えた。私は好きなことをさせてもらう。だから坂平くんも、自由に好きなことをして。水村まなみがいる場所から、逃げ出したかったのだ。そうすればこの常につきまとう不安からも逃れられると思っていた。そういえばあのときの坂平くんも、泣き出しそうな顔をして私を見つめていた。

でもだめだった。どんなに好きなように振る舞っても、鏡を見るたび水村まなみの顔がちらついた。髪を染めパーマをかけ、かつての坂平陸から自分をどれだけ遠ざけようとしても、どうしても逃げることはできなかった。

そして、坂平くんのお父さんが亡くなった。彼の両親と接した時間はそれほど長くはなかったけれど、二人の息子への愛情は確かに感じ取れた。もしかしたらそれは、私がほんとうの息子ではないからわかったものだったのかもしれないが。

だからそのときは悲しかった。けれどそれよりも頭を占めていたのが、死への恐怖だった。初めて訪れた身近な人の死は、人生の終わりというものを強く私に意識させた。怖かった。とてつもなく怖かった。あのとき流した涙は、仮初の父へのものなのか、それとも恐怖からくるものなのかわからなかった。

話していくうち、坂平くんはだんだんと落ち着きを取り戻していった。泣いた子供を慰めるように、私はひとつひとつゆっくりと言葉を落としていく。それでも不安がる彼に、私はおどけて言う。

「てか、私の顔で情けなく泣かないでくれる？」

三年前に私が彼から投げかけられた言葉を口にする。一瞬の沈黙のあと、わかりやすく動揺が電話越しに伝わってきた。

「あー。あの、その節は、すみませんでした。本当にごめん」

しどろもどろになる坂平くんに、私は思わず吹き出しながら、いいよもう、と答える。実際、あのときからずっと喉の奥に詰まっていたような冷たい感覚は、話していくうちに溶けてどこかへ消えていた。

唐突に坂平くんが「水村、ありがとうな」とぼそりと呟いた。思わず言葉に詰まって、そして、どうしたの急に、と問い返す。

「ずっと思ってたんだよ。俺、いつも水村に助けられてるなあって。考えてみたら、入れ替わってからずっとそうだったと思う。俺、どうやってもうまくいかなくて、水村の人生をどんどんめちゃくちゃにしていって、そんな自分がすげえ嫌だった。どうして水村みたいにうまくできないんだろうって思うと、ほんと情けなくて。でも水村が言ってくれた言葉で、俺はどうにか自分を嫌いにならずに済んでたんだ。そうやって、救われてたんだなって、今になってすごく思うんだ。俺は、水村に何もしてあげられなかったけどさ。でも、ちゃんとお礼くらい言わなくちゃって、なんか今ふと思って」

ちがう、と思った。どんな言葉だって行動だって、結局は私が自分を守るためのものだった。だいじょうぶだよ、きっとなんとかなるよと、ただ自分に言い聞かせているだけだった。だって私は、この男が憎くて憎くてしかたなかったのだから。

でも。だけど。

「でも、私も坂平くんにずっと助けられてきたよ」

「え。そうなの」

「そうだよ。異邦人で、コーラとコーヒー飲みながら、向かいあって話す時間は私の救いだったよ。あのときだけは、なんにも怖くなかった。あの時間があったから、私はきっとあきらめないでここまで過ごせてきたんだよ」

そうだ。喫茶店で、学校で、憎かったはずの坂平くんに、私はずっと救われてきた。どれだけ時が経っても、なにが起きても、戻ることをあきらめず、私として生きようとしてくれている坂平くんの姿に、私は救われつづけてきたのだ。憎むなんて、できるはずがなかった。

泣きそうなあの顔を思い出す。眉に力を籠め、瞳に水を張り、唇をへの字に曲げて、じっと顔を見つめてくる女の顔。目の中には喫茶店の窓が反射しゆらめいてきれいだった。私を守ろうと、だから泣く姿を見せまいとしている、そんな顔だった。

だったら、私にできることは。私を守ろうとしている坂平くんを、ただ守ることだけだ。

「まあ、私はいつでも坂平くんを救いつづけるよ。坂平くんが、いつまでも坂平くん自身の味方でいられるように」

すん、と坂平くんが洟をすする音が聞こえる。私は空を見上げる。真っ暗な闇の奥に、月がぽつんと光っていた。

「ね、きょうすごい満月だよ。そっから見える？」

「いや、見えない。今日こっち、ずっと曇りだったんだ」

「そっか。じゃあ、私が代わりに見ておくよ」

「何だそれ。俺の代わりに見といてくれるの？」

「うん、見といてあげる。だから、坂平くんは安心して眠っていいよ」

ふと、ベッドの中で窓の外を覗く坂平くんの姿が頭に浮かぶ。髪はどれくらい伸びたんだろう、お腹はもう見事なくらいに大きいんだろうな。ありがとう、と小さく呟く声が聞こえた。私は聞こえないふりをする。

そして取り留めのない話をする。まるで異邦人で、向かいあってどうでもいい話で笑っていたときのように。私が唯一、水村まなみとしていられたときのように。

じゃあまた来年の七月会おう、と約束をして、電話を切る。思わず大きな溜息が口から漏れた。指に挟んでいた煙草は、火をつけられることすらなくその体をゆがませていた。

電話を終えるタイミングを見計らっていたのか、瑞穂が一糸まとわぬ姿で煙草を手に持ちベランダへ出てくる。「下着くらいつけろよ、見られたらどうすんの」と言うと、「サービスだよ、サービス」とふざけたように笑う。

隣に並び煙草に火をつけ、煙を吐くと「織姫？」と尋ねてくる。うん、と私は頷く。瑞穂には毎年七月に会う女の人がいることを告げていて、それから瑞穂は坂平くんのことを七夕になぞらえて「織姫」と呼んでいる。

「高校生からのつきあいだっけ？　べつに彼女だったとかじゃないんでしょ？」

「うん、ぜんぜん。そういうのとは無縁の関係」

「すごいよね。めっちゃ仲良い友達なんだね」

「友達、とはまたちょっとちがうかもな。なんつーか、共犯者？」

「なにそれ。きみらわるもんなの」

曖昧に笑って答えを濁すと、瑞穂に倣って煙草に火をつける。満月やば、と瑞穂が抑揚なく言う。私ももう一度夜空を見上げる。坂平くんの代わりに、月を眺めるために。

自分ひとりですべてを成し遂げようとしなくったっていい。曇り空なら、どちらかが月を見上げればいい。私が夢を叶えられなくても、坂平くんが叶えてくれる。結婚をして、子供を産んで、幸せな家庭を築いて。そのまっとうに生きようとしてくれている姿に救われているのは、やっぱりたぶん私のほうだ。

だから、坂平くんはどんなに泣いたっていい。涙を我慢しなくていい。私が代わりに笑っているから、だから、代わりに泣いてほしい。

「なににやにやしてんの」

黙ったまま月を見上げる私の横顔に向かって、怪訝そうに瑞穂が問いかけてくる。

「泣いてるんだよ、これは」

「いやいや。どう見ても笑ってますけど」

「そう見えても、泣いてんの」

なに言ってんだ、とあきれたように瑞穂が紫煙を吐く。

坂平くんの幸福な人生が私にとって救いであるように、きっと私の幸福も坂平くんの救いにつながるのだろう。ならば、私がすることはひとつだ。この姿でめいっぱい楽しんで、男を堪能して、坂平陸として幸せになってやる。せっかく入れ替わったのだから、そうじゃなきゃ損だ。文字通りの第二の人生。はっきり言って、幸せになれる自信はめちゃくちゃある。

私は笑いながら、煙草の煙を吐き出した。夜の空にぽっかりと浮かんだ丸い月に、ふんわりと靄がかかる。

七月が、そろそろ終わろうとしていた。

解説

瀧井朝世（ライター）

冒頭の〈年に一度だけ会う人がいる。夫の知らない人だ。〉を読んで、あなたはこれがどんな物語だと想像しただろうか。

これから会う相手が主人公にとってどんな存在なのか、二人がいまどんな状況にあるのか、すぐには明かされない。しかも、あなたはまず巻頭に置かれた数字にひっかかりをおぼえたはずだ。「第1章」「第2章」という意味合いならば「1」のはずなのに、いきなり「30」である。それらの真相が分かるまで、ページをめくりながらさまざまな想像を膨らませるのも読書の楽しみなので、もしあなたが本文未読ならこの解説はここで閉じ、本文を先に読むことをお勧めしたい。

本作は二〇二一年に第十二回小説 野性時代 新人賞を受賞した、君嶋彼方のデビュー作である（応募時のタイトル「水平線は回転する」を改題）。この文庫版ではその後書かれた短篇「アナザーストーリー【Side M】」もボーナストラックとして収録されている。

さて、ここからははっきりと、これがどういう物語かを説明した上で話を進めたい（なのでしつこいようだが、本文未読でネタバレを避けたい方は読まないでください）。

坂平陸と水村まなみは、高校の同級生だ。十五歳の時に身体が入れ替わった二人はその後、毎年一回、故郷の町で会うことにしている。入れ替わる前とちょうど同じ長さの人生を歩んだ三十歳で再会した彼らの一日と、十五歳からこれまでに彼らに何があったのかが、水村まなみの身体となった陸の視点で描かれていく。つまり巻頭の「30」は三十歳、次に場面転換のある二十ページの「15」は十五歳の意味。三十歳の彼らの一日の様子と、十五歳から三年ごとの彼らの日々が交互に進んでいく構成である。

身体の入れ替わりは、フィクションでは古典的な題材といえる。そのなかで本作の異色な点は、入れ替わったまま月日が流れていくところだろう。もちろん二人も元の身体に戻ろうと試みはするのだが、その奮闘ぶりが本作のテーマではない。

もしも突然誰かと身体が入れ替わったら、日常生活の中でどのような問題が生じ、どのような感情が生まれるのか、じつに細やかなところまで掬い取られていく。家族や友人関係ががらりと変わること、成績や運動神経にも違いが生じることや、他人となって元の自分の家族に出会った時の気づきなども読ませるが、そのなかでも特に女性となった陸の身体と性への不安や違和感が克明に描かれ、ジェンダーにまつわる問題が喚起されて現代的だ。

この先、元の身体に戻れるのかどうか分からない、宙ぶらりんの状態で人は何を思うのか、その思考実験が実に丁寧だ。元の家族や友人といった取り戻せないものへの思い、元の肉体の持ち主が十五歳までに構築してきたものに対する責任感、自分が死んだら相手ももう元に戻れなくなるのだという罪悪感、等々……。そして大きく降りかかってくるのが、これからの人生をどう構築していくかという問題だ。

まなみの身体を大切に扱い、美容やお洒落(しゃれ)に励んでいる陸がなんともいじらしい。全篇を通して陸の視点のみで描かれ、まなみの本心がなかなか見えてこないからこそ、他者に対して誠実であろうとする陸の心情が際立ち胸打たれるものがある。自分も、この肉体と人生は誰かから一時的に借りているものだという心持ちでいれば、今より丁寧に生きるのではないだろうか、などと妄想してしまう。ただし、その状態が長い年月続いていくとなれば話は別だ。自分の意志より他者を尊重して人生のすべてを決めていくのはいくらなんでも窮屈だし、下手すると自己犠牲を強いられることとなってしまう。その点、陸とは対照的に、入れ替わった後の人生を謳歌(おうか)しているように見えるまなみの、なんと頼もしいことか。当初からの両者の違いと、その後の陸の変化は、自分の人生を自分事として選んでいくことの大切さを示唆しているようにも思える。

そもそも陸やまなみに限らず、私たちはみんな、生まれる場所も時代も性別も、肉体も選べない。そのなかで困難や不安とどう向き合い、どう折り合いをつけ、どう人生を選びとっていくのか。本書で浮かび上がってくるのは、そんな普遍的なテーマなのである。

著者の君嶋彼方氏は一九八九年生まれ。小説を書き始めたのは中学生の頃からだそうだ。きっかけは、山本文緒（やまもとふみお）さん『ブルーもしくはブルー』が原作のドラマ（「ブルーもしくはブルー　～もう一人の私～」）を面白く観て、原作を読んでその発想に感心し、山本作品にはまると同時に自身でも執筆し始めたという。その後大学では文芸サークルに入り、新人賞への応募も始めた。就職活動や就職によって執筆を中断した時期を経て、執筆と投稿を再開した。

デビュー前は大人が主人公のものを多く書いていたという。本作も最初は入れ替わったまま三十歳になった二人が再会する様子を描いた短篇作品だった。それを同人誌に載せて文学フリマに出したところ、読んだ知人から「話を膨らませたら面白いのではないか」と言われ、十五歳からの月日を加筆。それを応募し、デビューに繋（つな）がった。

第二作の『夜がうたた寝してる間に』（ＫＡＤＯＫＡＷＡ）はまったく設定の異なる小説で、時間を止めるという特殊能力を持つ少年、旭の話だ。舞台となる社会では超能力者たちが当たり前のように暮らしており、しかも彼らはマイノリティだ。旭も周囲に馴染むように明るく感じよく振る舞っているが、ある時彼の通う高校で奇妙な事件が起き、超能力者が犯人でないかと疑われてしまう。自力で真犯人を見つけようとする旭だが、学年に他に二人しかいない超能力者たちは非協力的。特殊な世界の話ではあるが、マイノリティの問題や思春期の生きづらさなど、現代社会に通じる切実な内容だ。

第三作『一番の恋人』は、主人公の青年が一緒に暮らす恋人から意外なことを告げられる話。事前情報は不要という人のために詳細は伏せるが、これもまた恋愛や性に関する価値観を問い直す内容となっている。

主人公の設定はまったく異なる三作品だが、筆力、思考力、構築力の高さは共通している。現代を見つめる確かな目の持ち主として、信頼できる作家だ。

本書は、二〇二一年九月に小社より刊行された単行本に左記短編を加えて文庫化したものです。

「アナザーストーリー【Side M】」（小社オウンドメディア「カドブン」にて二〇二一年十二月に掲載）

君(きみ)の顔(かお)では泣(な)けない

君嶋(きみじま)彼方(かなた)

令和6年 6月25日　初版発行
令和6年 11月15日　再版発行

発行者●山下直久

発行●株式会社KADOKAWA
〒102-8177　東京都千代田区富士見2-13-3
電話　0570-002-301（ナビダイヤル）

角川文庫 24198

印刷所●株式会社KADOKAWA
製本所●株式会社KADOKAWA

表紙画●和田三造

●お問い合わせ
https://www.kadokawa.co.jp/（「お問い合わせ」へお進みください）
※内容によっては、お答えできない場合があります。
※サポートは日本国内のみとさせていただきます。
※Japanese text only

ISBN 978-4-04-114857-0　C0193

◆◇◇

角川文庫発刊に際して

角川源義

第二次世界大戦の敗北は、軍事力の敗北であった以上に、私たちの若い文化力の敗退であった。私たちの文化が戦争に対して如何に無力であり、単なるあだ花に過ぎなかったかを、私たちは身を以て体験し痛感した。西洋近代文化の摂取にとって、明治以後八十年の歳月は決して短かすぎたとは言えない。にもかかわらず、近代文化の伝統を確立し、自由な批判と柔軟な良識に富む文化層として自らを形成することに私たちは失敗して来た。そしてこれは、各層への文化の普及滲透を任務とする出版人の責任でもあった。

一九四五年以来、私たちは再び振出しに戻り、第一歩から踏み出すことを余儀なくされた。これは大きな不幸ではあるが、反面、これまでの混沌・未熟・歪曲の中にあった我が国の文化に秩序と確たる基礎を齎らすためには絶好の機会でもある。角川書店は、このような祖国の文化的危機にあたり、微力をも顧みず再建の礎石たるべき抱負と決意とをもって出発したが、ここに創立以来の念願を果すべく角川文庫を発刊する。これまで刊行されたあらゆる全集叢書文庫類の長所と短所とを検討し、古今東西の不朽の典籍を、良心的編集のもとに、廉価に、そして書架にふさわしい美本として、多くのひとびとに提供しようとする。しかし私たちは徒らに百科全書的な知識のジレッタントを作ることを目的とせず、あくまで祖国の文化に秩序と再建への道を示し、この文庫を角川書店の栄ある事業として、今後永久に継続発展せしめ、学芸と教養との殿堂として大成せんことを期したい。多くの読書子の愛情ある忠言と支持とによって、この希望と抱負とを完遂せしめられんことを願う。

一九四九年五月三日